U0562231

来自巴瑞爷爷的推荐

在这本书里，我饶有兴致地跟着莫斯和他的朋友们踏上了寻找可以看得见他们，并且能够帮助他们拯救大自然的孩子。可我万万没有想到的是，尽管有新的动物朋友帮忙，他们回家的旅途依然是危险重重！梅丽莎·哈里森优美的两部曲传递了一个重要信息：或许我们每个人都可以帮助到隐秘族，并用我们的真心来关爱我们赖以生存的星球。我打算试试看。

巴瑞·坎宁安

鸡窝出版社出版人

BARRY'S STORY HOUSE

隐秘族的归来

[英]梅丽莎·哈里森 著

宋蕾 译

中国少年儿童新闻出版总社
中国少年兒童出版社

北 京

著作权合同登记　图字：01-2022-5238 号

英文版原名：BY ROWAN AND YEW，首次出版于 2021 年
出版者：The Chicken House，地址：2 Palmer St, Frome, Somerset, BA11 1DS, UK

图书在版编目（CIP）数据

隐秘族的归来 /（英）梅丽莎 · 哈里森著；宋蕾译. —北京：中国少年儿童出版社，2022.9
（巴瑞的书屋）
ISBN 978-7-5148-7660-4

Ⅰ. ①隐… Ⅱ. ①梅… ②宋… Ⅲ. ①儿童小说－长篇小说－英国－现代 Ⅳ. ① I561.84

中国版本图书馆 CIP 数据核字（2022）第 167566 号

YINMIZU DE GUILAI
（巴瑞的书屋）

出版发行： 中国少年儿童新闻出版总社
中國少年兒童出版社

出　版　人： 孙　柱
执行出版人： 马兴民

丛书策划： 缪　惟　**丛书统筹：** 史　钰
责任编辑： 邹维娜　**版权引进：** 仲剑弢
责任校对： 杨　雪　**装帧设计：** 禾　沐
责任印务： 厉　静

社　　址： 北京市朝阳区建国门外大街丙 12 号　**邮政编码：** 100022
总 编 室： 010-57526070　**发 行 部：** 010-57526568
官方网址： www. ccppg. cn

印刷： 北京盛通印刷股份有限公司

开本： 850mm × 1168mm　1/32　**印张：** 8.5
版次： 2022 年 9 月第 1 版　**印次：** 2022 年 9 月北京第 1 次印刷
字数： 80 千字　**印数：** 1-5000 册

ISBN 978-7-5148-7660-4　**定价：** 38.00 元

图书出版质量投诉电话 010-57526069，电子邮箱：cbzlts@ccppg.com.cn

这是伟大的迁徙季：

冬季的候鸟们——

大雁、天鹅和野鸭一族，

还有红翼鸫和田鸫——

正纷纷到来，

而我们的夏季访客

正要启程离开……

——摘自丹尼斯·沃特金斯－皮奇福德（笔名B.B.）的作品《小阳春》

目　录

第一部　花楸树

第二部　紫杉

第一部

花楸树

1

向一切告别

隐秘族为回到白蜡树路
做着准备，就在最后一刻，
人员发生了变动。

九月伊始，尽管白天依旧阳光灿烂，夜晚却渐渐有了凉意。在城市中心的一个小公园里，野蔷薇果、山楂果和花楸树上的浆果渐渐成熟。第一批七叶果[1]开始“嘭嘭嘭”地砸到地上，一颗颗地躺在树下闪着诱人的光泽。有的果实还藏在裂开的、长着毛刺的绿色外壳里，有的已经完全裸露，散落在草丛中。

一丛杜鹃花下，杂草落叶之间隐藏着两顶蝙蝠皮

[1] 七叶果是七叶树的果实，外形像板栗。

做的小帐篷，小帐篷的旁边有两个隐秘族的小人儿，他们只有你的手掌那么大，正盘着腿坐在地上，用七叶果制作小碗。其中一位，穿着青蛙皮做的连体衣，左手和左脚都是透明的，正拿着一把刻着“史丹利”字样的刀小心翼翼地切割着一个七叶果；另一位，戴着一顶神气活现的橡果壳帽子，全身的各个部位都清晰可见，正坐在一旁，用一张卡片把七叶果里的白色果肉掏空。那张卡片看起来像是被人类扔掉的SIM卡。现在正好是学校放学的时间，虽然几个少年就坐在不远处的长椅上聊着天、吃着薯片，可他们却什么也没发现——因为他们根本就料想不到这一切。

“做好了！”带着成功的喜悦，莫斯把半个七叶果壳放在一旁，开心地说，“现在，我们只需要把里面抛光就行了。”

“这个夏天，我们在霍比人那里认识了很多室内用品，所以，给他们展示一下我们的户外技能也不错。”索雷尔开玩笑地说，他小心地把刀放在一旁，继续说道，“想想看，他们很可能都没见过七叶果呢！你说奇不奇怪？”

“很奇怪。”莫斯回答。他站起身，十分小心地伸展了一下自己的身体。有时候，被猫咬过的地方还会疼，但活动一下有助于康复。一想到那次可怕的经历，莫斯便感到十分恐惧，所以他尽量不去回忆，尤其是现在——为了摆脱整个族群从自然世界消失的命运，他们即将远行。

整个夏天，莫斯和亲爱的老库缪勒斯都与他们的新朋友米恩和麦克住在室内，那是一个位于一座公寓大楼深处的秘密住所。库缪勒斯的身体几乎要完全消失了。索雷尔和伯内特则喜欢住在室外，所以，他们在小公园里搭起了帐篷。不过，他们几个每天都会见面。

在松鼠奇普和巴德的帮助下，再加上来自欧椋鸟亮闪闪的建议，他们四个小人儿慢慢习惯了在人类巢穴的生活，而且也渐渐具备了亮闪闪所称道的“生活常识”，他们知道了哪里可以去，哪里不可以去；了解了一天中什么时间最安全；学会了怎么样走动不会被人类发现。这对于老库缪勒斯来说很简单，因为这些日子以来，他的全身几乎都变得透明了。对于勇敢、擅长野外活动的伯内特来说，也没什么困难。况且，大部分人类对于周围的自然世界并不太留心，他们只关心彼此，关心那些店铺，以及那个他们常常捧在手心里的黑色小板子。（索雷尔是个发明家，他觉得那个黑色小板子似乎特别有意思，他花了好多时间琢磨那到底是个什么东西。）

“你最近感觉怎么样？”索雷尔问莫斯。现在，他们开始用柔软的金银花的叶子打磨碗的内壁。

“哦，差不多好了，不过比我预想的时间可长多了。我知道大家都迫不及待地想回到白蜡树路的老家去，很抱歉我让你们久等了。”

“别傻了，莫斯！时间也没有浪费啊，对吗？我们已经开了一个好头，大家都在自然世界中找到了自己的新角色。伯内特在我们所到之处的每块空地上都播撒了野花的种子，我每天都在捡垃圾，库缪勒斯开设的讲座‘避免中毒：现代巢穴居民指南’特别受欢迎——虽然只有鼻涕虫参加。”

“可情况还是没什么好转，”莫斯担忧地说，“消失的症状还在继续——库缪勒斯、你、伯内特都还在消失。或许是潘神还没注意到我们所做的事情，也或许是我们没有正确理解罗宾·古德菲洛的预言。”

“你是指那首歌谣——‘白蜡树、橡树还有荆棘丛，出现在地球的曙光中。花楸树和紫杉，会将这世界变得不同’？”索雷尔说道，“现在这么说还为时尚早，莫斯。等我们回到你的老家，就会把一切都弄明白了。不管怎么说，我们了解了人类巢穴，还认识了不同的生灵，了解了它们的生活习性，这对我们来说也不错，你觉得呢？如果一辈子都只待在一个地方，你就会以为自己无所不知，其实，你知道的只有你自己和你的朋友！”

他们又开始默默地工作，气氛友好而融洽。在他们的头顶上，最后一批准备迁徙的家燕和毛脚燕正在秋日湛蓝的天空中盘旋，它们要尽可能多吃些虫子，这样才有充足的能量供它们一直飞到遥远的非洲去。

“最近这些天，我感觉空气中好像有些异样。你觉得呢？”索雷尔停顿了一会儿，接着说，“我也说不清楚到底是什么，也许只是因为这些七叶果吧，还有，就是夜里更冷了。”

同所有的野外生灵一样，隐秘族也能感知到季节的转换，就像瓢虫知道什么时候该冬眠，青蛙知道什么时候该繁殖一样。

“我明白你的意思，”莫斯说，“而且，我觉得不止我们俩有感觉，伯内特昨天晚上居然特别安静，咱们抓蟋蟀的时候我就发现了。”

“是啊，”索雷尔若有所思地说，“我想我们都有同样的感觉，甚至也包括库缪勒斯。要换季了，是时候了。”

七叶果做的小碗里里外外都被擦得又光又亮，看上去漂亮极了。莫斯小心地端着碗，沿着那条熟悉的路线，从小公园走到麦克和米恩的家。公寓楼下，从地沟的一个格栅可以直通一层楼梯间的下方，然后，顺着人类公寓底下密布的管道、缝隙、走廊，他们就到了霍比人温暖舒适的住处，因为有一根铜水管可以为房间供暖。这个小屋温馨又可爱，莫斯却突然有些伤感，因为他们马上就要出发了，而前路一片迷茫。

“嗨，你们好！今天晚上伯内特没跟你们一起来吗？”麦克问道，“太可惜了。你们手里拿的是什么？”

莫斯露出微笑，把小碗递给了麦克和米恩，他们高兴极了。

“太精美了！快告诉我们，你们是怎么做的？”麦克说。

“谢谢你们——我们会永远珍藏的！”米恩说，“现在你们俩都饿了吧？来得正好，快来一起吃饭吧。”

餐桌是颇令这两个霍比人引以为傲的：两个空火柴盒上架着一本硬皮书，硬皮书的封皮上画着一列红色的火车，还有一个戴着眼镜的人类男孩。上面也有一些字，可他们谁也不认识，不过他们倒是对这个人类男孩充满好奇，常常在吃过饭后，编一些关于这个男孩的故事来打发时间。

索雷尔分享过一个绝妙的主意，那就是让“消失的人”戴一顶帽子，这样就能知道他们的头在哪儿了。所以此时，餐桌旁的一个软木塞凳子上方，正飘浮着一个圆锥形的铅笔屑，那里正坐着库缪勒斯——他原来的帽子在乘坐鸽子飞来人类巢穴的时候，被风吹飞了，这个圆锥形的铅笔屑帽子是个不错的替代品。多默，是那位住在街角商店库房里的霍比人邻居，他旁边的凳子上坐着莫斯。这时莫斯在想，老库缪勒斯彻底消失之前，他们还剩下多少时间能共聚一堂，这个想法确实令人不寒而栗。

麦克和米恩拿来食物摆在桌子上，有从公寓厨房偷来的一撮儿奶酪意面，还有一些苹果和梅子碎屑作为饭后甜点。伯内特教过这些霍比人，每个季节里都会有哪些应季植物生长，现在这对夫妻会定期去户外搜寻。其实，如果你知道去哪里寻找的话，人类巢穴中有很多野生植物可以作为食物，而且，这里同样充满了各种各样有趣的生灵。

正当他们准备进食的时候，突然听到一声“大家好！大家好！”，随后伯内特便冲了进来，身后跟着一股九月夜晚独有的甜美香气。在夏季接近尾声，秋分将至之时，可以在空气中闻到这样的味道。这不是花香，也不是草香，而是蘑菇和落叶散发出的成熟的芳香，隐匿在被汽油味笼罩的人类巢穴之中。春季关乎生长，秋季则关乎腐烂——并且，这种腐烂极为重要，因为这将生成来年的新土壤。

“你终于来了！”米恩叫道，“快来坐，快来坐下。你饿不饿？”

“饿得不行了。”说完，伯内特就狼吞虎咽地吃起来，其他人也都跟着大嚼特嚼。一时间，耳边只有大家咀嚼的声音，不过，没过多久，谈话就恢复了。

“对了，我想了一个很棒的计划。”伯内特说，嘴里塞着满满的奶酪意面。对于这个消息，大家毫不意外，这是因为，在莫斯被猫咬伤后的那段恢复期，伯内特就花了很多时间与欧椋鸟亮闪闪，还有那只时髦的城市狐狸维斯珀待在一起，大家都知道，他们的这位朋友一定是在谋划着什么。

“你们都知道，我和亮闪闪还有维斯珀在一起计划了好久，”伯内特接着说，这一点大家心知肚明，“我们三个商量过了，我想，我们找到了从这里回白蜡树路的方法——等大家都准备好了，就可以出发。”

“是再次乘坐‘鸽子动力号’吗？”莫斯问。尽管刚开始的时候害怕飞行，可现在回想起来，那段与鸽子们同行的日子居然是他最幸福的回忆。

“其实不必，”伯内特回答，“我们与白蜡树路的距离比你想的要近得多。瞧，我们住在白蜡树路的几百个布谷鸟夏天里，人类巢穴在不停地扩大，不知不觉已经离我们很近了。我们之所以没意识到，是因为一直没离开过那个花园。当我们真的离开那里，去寻找我们的亲戚时，我们先是同鹿群一起，朝着与人类巢穴相反的方向走了一段路，深入到了乡村，后来我们又在鸽子们的帮助下来到了这里——结果发现，当时我们很有可能就从原先的花园上空飞过！老实说，真是这样。亮闪闪已经勘察过路线，证实了这件事。”

“所以说……我们只要走回去就行？”索雷尔问，听上去他有些失望，“这么说，你们不需要我发明什么东西了？”

“倒也不是，”伯内特继续说，“计划是这样的：首先，我们要步行一段路，沿着维斯珀告诉我的什么巨型金属通道——不过不用担心，莫斯，维斯珀会跟着我们，它会给我们指路，还会确保我们安全，免遭猫的袭击。下半程，我们可以走水路。有一条流经白蜡树路附近，然后汇入大海的河。索雷尔，你要开始想想了，我们怎样才能在河上航行，因为这条河差不多能直接送我们回家！”

大家热烈地讨论起来，库缪勒斯跟多默却没有说话，他们俩陷入了沉思。多默率先开口。

“我在想……我会非常想念莫斯的，那么……嗯，我可以跟你们一起去吗？”

“我觉得这个……”伯内特开口时，铅笔屑帽子下面同时传来库缪勒斯的声音。

“我觉得这个主意棒极了，多默。你是一个霍比人，所以你更了解人类以及人类制造的东西，你在旅途中的价值将无可估量，尤其是——”说到这里，他们的这位老朋友哽咽了，“尤其是，我不能和你们一起旅行了。”

莫斯的眼眶湿润了，索雷尔深吸了一口气。

“最近这几个星期，我感觉自己似乎已经……不存在了，”库缪勒斯继续说道，“亲爱的朋友们，我旅行的日子就此结束了。没有我，你们也要继续前行，千万千万不要放弃，去为我们族群寻找一条新的出路，那样我们就可以永远存在于自然世界中了——你们可以向我保证吗？因为事实上，我将留在人类巢穴里，与麦克和米恩在一起。直到最后。”

2

匆匆上路

在城市的郊外，亮闪闪
带来了危险的消息。

隐秘族沿着铁轨步行离开了人类巢穴，他们的行进十分缓慢，并且主要发生在天黑之后。那个时候，铁轨上一片寂静，几乎空无一人。不过，每一天晚上，那个叫作“道岔”的地方都会突然移动一下，发出“咔嚓咔嚓——咣当”的声音。这时，走在铁轨上的那一小队人就会被吓得魂飞魄散。这是管理铁路的人类正在夜间检测那些道岔，确保它们运行正常，好帮助那些巨大的列车改变方向。所以，有那么几分钟，铁轨上会响起“咔嚓咔嚓——咣当，咔嚓咔嚓——咣当，咔嚓咔嚓——咣当”的奏鸣曲。过后，月光下的铁轨又会陷入沉寂，一动不动了。当火车第一次从他们身边轰隆隆驶过时，莫斯吓了一跳，小声惊叫起来，其他人都友善地看了他一眼。每当巨大的铁皮货运列车没完没了地轰鸣着驶过时，维斯珀会在一旁静静地注视着隐秘族，它美丽的琥珀色眼睛中充满了鼓励。

现在，天刚蒙蒙亮，他们走到一个站台边，几个小人儿和维斯珀挤作一团。铁轨两侧出现了乱糟糟的护坡墙，墙上画着颜色鲜艳的涂鸦。再过几小时，这个站台就会繁忙起来，成年的人类将要去上班，人类的孩童将要去上学。不过，现在第一班乘客还没有到达，铁轨上行驶的列车装载的都是邮件和包裹，以及运往超级市场的食品，还有的列车用的是一节节锈迹斑斑的漏斗式敞篷车厢，里面装着一堆堆当“道砟[1]”的灰色石料。

自一行五个离开人类巢穴的中心，已经过去了七个夜晚，他们已经走了很远。有时候，维斯珀会让一两个小人儿坐在它的后背上，搭个便车，但这对它来

[1] 道砟（zhǎ）是铺在铁路路基上的石子儿。

说也不是一件容易的事。因此，大部分时间里，四个小人儿都是步履艰难地徒步跋涉。现在，夜晚来得一天比一天早，太阳升起的时间也越来越晚。

车站是最好的地段。这里的灯火彻夜通明，到处都是窜来窜去的灰色小老鼠。人类一离开，它们就窜出来寻找食物的碎屑。此时，维斯珀正大口吞咽着半块被人类丢弃的超级大汉堡，而莫斯则朝那些小老鼠招了招手，想让一只停下来说说话，可那些小动物精神高度紧张，不可能停下来理智地交谈。

过了一会儿，落在后面的多默跑了过来，手上挥舞着一根白色的塑料管，上面还带着弯头。莫斯问他这是干什么用的，他笑而不答。

他们排成一列纵队，沿着石头砌的护坡墙继续往前走，站台的灯光在他们身后渐渐退去，一同退去的还有沿途的薯片包装袋、塑料瓶子、废弃的喷雾罐、破烂的运动鞋、沙袋，还有外卖纸盒和空塑料袋。

这个时候，鸟类已经完成了繁衍后代的使命，没必要再用歌声来宣示自己的领地——这就意味着，不会再有黎明大合唱来开启新的一天。当铁轨上方的天空泛起鱼肚白，莫斯停住脚步，仔细听着一只知更鸟在铁轨旁的悬铃木上发出的歌声，但它唱了几个忧郁的音符后就默不作声了。

当第一列满载着新一天乘客的火车轰隆隆驶过时，隐秘族的小人儿们和维斯珀迅速躲到了一个砖砌的信号箱后面。信号箱周围生长着一丛浓密的、长满刺的木贼科灌木，它们这副史前植物的模样，自远古时期就不曾改变过。四个小人儿放下自己的背包，挤在维斯珀毛茸茸的白肚皮下，蓬松的狐狸尾巴则围过来为他们挡风。在后来的几百年中，莫斯总是回忆起这一天，这是他们睡过的最温暖、最安全的地方。

“我真的很想念库缪勒斯，”伯内特嘟囔着，“我知道我很啰唆，可我真的很想他。”

“我也是。”莫斯哀伤地说。

“还有我，”索雷尔说，“我知道你们几个一起住了几百个布谷鸟夏天，但我们四个人也一起经历了很多，不是吗？现在这个时候，我们亲爱的老朋友没和我们在一起，总感觉有点儿怪怪的。”

莫斯伸出手，紧紧握了握多默的手。做一个团队里的新成员是不容易的，虽然莫斯努力地不让多默感到被冷落，但这常常也无法避免。

“米恩和麦克是最善良的主人，”多默安慰他们说，“在他们家那根非常暖和的铜管旁过冬实在太美了，除此之外我想不出更好的地方了。我们一找到能阻止族群消失的方法，就派人去接库缪勒斯，这样你们就可以团圆了。”

“如果……如果……”莫斯吞吞吐吐，他使劲眨了眨眼，才没让眼泪流淌下来。因为伯内特和索雷尔现在也开始渐渐消失，所以他要强装镇定，勇敢地面对一切，这非常重要，可他怎么也掩饰不住自己的担忧。没有人知道他们中最年长的朋友还有多久就要完全消失了，他们要尽快向潘神证明，大自然需要他们——要快。

伯内特叹了一口气说：“要是我们举行一个像样的告别会就好了。没跟居住在人类巢穴里的人道别，就这样悄悄地溜走，感觉真是奇怪。我知道，这是最安全的，可还是……”

“奇普和巴德会理解的，鸽子们也会理解的，”多默说，“事实上，伯内特，人类巢穴和乡村不一样，大家都是来来去去的，所以，你并不总是认识你的邻居——就算你们认识，也不会长久地住在一起。”

伯内特没说话，过了一会儿，多默继续说：“好吧，没关系，亮闪闪会向大家解释一切的。”

“对啊，那只鸟去哪儿了？”索雷尔问，“它原本是要飞来跟我们一起出发的，可我们都走了好久了。”

“它会找到我们的。”伯内特说。他把维斯珀那条柔软的、毛茸茸的尾巴往上拉了拉，就像盖了一床羽绒被那样。“我们休息一下吧，我都快累死了！”

“我也是。”莫斯说。他们的头顶上方，母狐狸维斯珀打了一个大大的哈欠，露出一条卷曲的、粉红丝带般的舌头，然后它把下巴舒舒服服地搁在前爪上，闭上了眼睛。

中午时分，莫斯被一连串“嘟嘟嘟”的声音吵醒了。维斯珀也睁开一只眼睛，它的大尾巴跟着抽搐了一下。索雷尔一下子坐起来，一脸茫然。伯内特发出一个很响的“哼——噗”声，然后翻了个身，想接着睡。

迷迷糊糊之中，莫斯看见多默正盘着腿坐在阳光下，用嘴吹着那根从站台捡来的白色管子，声音就是从那里面发出来的。管子上的弯头已经被去掉了，一行整齐的小洞排列在管子的一侧。

“这个是……？”莫斯问。

“嗯，嗨？”索雷尔招呼道。

“嗨！”多默微笑着回应，“这个是不是很棒？我已经有很多年没做这个了，居然还不错，我真高兴。”

“这个是什么？”索雷尔问。他总是对一些东西的工作原理很感兴趣。

“这是笛子！”多默回答，他看起来有些困惑，“你知道的，这就是个笛子。你们以前从来没见过笛子吗？”

“我觉得……没有。”莫斯说完，走到多默身边，仔细地瞧了瞧，“这是干什么用的？”

“这个，是……为了演奏音乐。这是个乐器。”

“什么？你是说，你刚才是故意弄出那些声音的？”索雷尔问，“不是不小心弄出来的？”

“好吧，听我说，”多默有些生气地说，“我知道我吹得不好，技艺有些生疏了，可你也没必要那么无礼。”

“哦，真对不起！可我没那样觉得呀。”索雷尔说，他从多默手里拿过那根白色管子，然后仔细地往里面看，“你知不知道，这个管子上有很多洞？真可惜啊——看上去好像会漏。”

“会漏？会漏？当然要漏！你往里面吹气，气就要从那里出来。瞧！”多默一把夺过笛子，吹了一支小曲子，“瞧见没？”

“啊，我明白了，”索雷尔说，“你往里面吹气，然后通过手指在洞眼上的移动把气放出来。”

“是的！你终于明白了！你以前真的没见过笛子吗？”

“从来没有！你呢，莫斯？”

“没有。”

“那么……你为什么要做这个呢？”

“因为——因为就是这么玩的！”

“哦，你是在玩？就像玩游戏？”

“不是——是演奏。我在演奏音乐！这是一件乐器，我的潘神呀！”

莫斯感到越来越糊涂了。

“这是你的……音乐？”莫斯结结巴巴地说，“你的意思是，就像鸟类叫的那样？”

一列满载着人类的列车从他们身边隆隆驶过，他们站在秋日的阳光下，面面相觑，谁都不知道该说些什么才好。

“我简直不敢相信，”到了黄昏时分，多默自言自语道，“这简直……太不可思议了。”

维斯珀溜去一边捉老鼠了，四个隐秘族的小人儿吃着熏毛毛虫香肠热狗——对于多默来说，这是个奇怪的新口味，但对其他人来说，这种味道再熟悉不过了。这些毛毛虫身上有一道道橙色和黑色相间的花纹，要是它们长大了，就会变成红棒球灯蛾。索雷尔在一些开黄色小花的千里光草上发现了很多这样的毛毛虫，他轻轻地取下了四只。

“这当然合情合理，”伯内特回应道，“隐秘族不需要音乐！我们生活在室外，到处都是鸟叫——我们为什么还要自己发出那些难听的‘嘟嘟嘟嘟’呢？”

莫斯抬起头，不安地看着他们。伯内特和多默大多数时间都相安无事，可他们不像其他人那样容易相处。世间生灵（也包括人类）之间有时候就是这样：没有人会被所有人喜欢，也没必要让所有人喜欢，那样你就不能做你自己了。索雷尔明智地置身事外，可莫斯却想让大家始终都做朋友——尽管这样真的不太可能。

“我肯定伯内特并不是故意这么无礼，”莫斯安慰多默，“只是我们还不太习惯鸟叫以外的音乐，可我们都特别想学——是不是，伯内特？”

伯内特从鼻子里发出“哼”的一声，就像人们想表达不同意见，却又不敢大声说出来那样。

“反正，我是很想学，”莫斯继续诚心诚意地说，“所以，如果你能教我用那个管子一样的东西吹曲子，我倒很有兴趣学学。”

“我还是坚持听真正的音乐，谢谢——而且我肯定维斯珀和我的感觉一样。”伯内特气冲冲地说，“所以，我希望你不要在我们周围发出‘嘟嘟嘟嘟’的声音了！”

就在他们争吵不休的时候，一件大事即将发生，无论对自然世界还是对人类，都将会产生深刻的影响。几千英里之外，从南美洲升腾起来的热气流与大西洋上空的冷气流交汇，形成了一个小小的漏斗状气旋。起初，这个“漏斗”在遥远的海面上空，并不会影响到任何人，可它在不断变大——而且还被一股人类称之为“喷射气流”的气流裹挟着，势不可当地向人类巢穴袭来。

3

大风来袭

秋季的狂风迫使冒险家们
紧急寻求避难。

这一小队人沿着铁轨艰难地前行着，没人注意到突然刮起的大风——连伯内特都没注意到，他一般都掌握着天气变化的趋势，而现在，他脑子里正在想，怎样才能说服维斯珀一直陪伴他们回到白蜡树路。像霍比人一样，维斯珀的祖辈们（和亲戚们）生活在乡下，不过如今它已经是人类巢穴的居民了，所以它还是计划着早日返回那里。伯内特对它有些留恋，不想让它离开。

白蜡树发黄的叶子开始在昏暗的天空中飞舞。一路走来，沿途的办公大楼和联排房舍渐渐被一个个运动场、公园甚至是小树林取代。虽然他们仍然身处人类巢穴之中，可外围的景色和中心地段却大有不同。这里的站台更小，似乎也更旧。这里的树更多了，空气的味道也有所不同。莫斯喜欢这种变化，因为他们走进了一个更为熟悉的世界；而多默却感到越来越不自在，不过他决定不要表现出来。上路以来，大家曾拿“巢穴情结”这件事调侃取乐，并非所有人都对那里感到亲切——尤其是伯内特。

“大家晚上好！有什么新鲜事吗？”一个熟悉的声音传来——亮闪闪扑棱棱地呼扇着翅膀，正好落在维斯珀的后背上。要是在以前，狐狸肯定会突然转过身，一口咬住它，可自从它们在寻找莫斯的过程中相遇，狐狸就渐渐喜欢上了这只调皮的小鸟，所以，现在它只是抽动了一下它的三角形耳朵，抖了抖脖颈上的毛，说道：“哦，又是你呀！”

其他人一下子围了过来，兴奋不已地跳上跳下，争先恐后地和亮闪闪说话。亮闪闪站在维斯珀的后背上，腰挺得直直的，它伸展开翅膀，说道：“好了，好了，好了！先让我这只鸟歇口气！”

“库缪勒斯怎么样了？”莫斯大声喊道。只有这样喊它才有可能听得见。

“米恩和麦克呢？”多默补充了一句。

“都很好。”亮闪闪说完，点了点它油光发亮的脑袋，“库缪勒斯开始织毛活了，麦克和米恩的‘橡子跳跳’游戏玩得越来越好了——说到橡子，奇普和巴德正忙着把它们埋在公园的各个角落，供它们冬天享用。我说的是橡子，不是你们的哥们儿啊！”说完，这只鸟爆发出一阵大笑，就像一挺微型机关枪。

“哦，听见他们都好可太好了，”莫斯说，“我们都很担心！好吧，反正我是。”

“哎哟？”欧椋鸟欢快地叫道。它扇扇翅膀，从被压了半天的狐狸身上飞到地面上，然后把翅膀整整齐齐地放在身后，走到他们身边。

“我们一直期待你早点儿来，就是这么回事。我们已经走了好几天，真是不知道你还能不能找到我们。我们走了这么远！”

“首先要说的是，难道你们忘了我有多聪明？其次，没有人跟你们解释过吗？我一直在忙着换羽毛，可你们这些人都没注意到！”

那只春夏之间满身彩虹色羽毛的鸟果然换了一身

更加素净的羽毛：颜色变深了，翅膀上镶着栗色的边，胸前和脑袋上都是整齐利落的白色斑点。它转了一圈，向他们展示着自己的新形象，四位隐秘族的小人儿则在努力地筛选出恰当的表情来挂在脸上。

“是啊，是啊，看上去灰不溜丢的，”亮闪闪说，“我知道，可我一年得换两次羽毛，春天我才会需要那身亮闪闪的行头，为了吸引女士。到了冬天，我就会换上一副更加……更加不起眼的装束，你们明白我的意思吗？”

他们几个表情严肃地点点头。维斯珀却大笑起来，露出四颗亮白的尖牙。

“言归正传吧，”欧椋鸟继续说，“我带来一些坏消息，我想伯内特一定比我先知道。”

伯内特似乎吃了一惊。“我吗？”

“是啊，就是你。你知道我接下来要说什么，对吗？”

伯内特看上去明显有些浑身不自在，多默使劲绷住没笑出来。

“是天气！”欧椋鸟叫起来，紧接着发出一连串“咔嗒咔嗒”的声音，还夹杂着表示惊讶的口哨声和令人咋舌的鸟类粗话。

“哦！是的！天气！”伯内特郑重地说。他迅速抬头看看天，伸出一根手指舔了舔，然后高高举起，感受风的方向。现在的确是起风了。“绝对正确！这个天气……天气很……这一定会……”

“超强大风要来了！”亮闪闪喊道。

海面上形成的那股气旋正在逐渐增大，并在向陆地方向移动，同时还在不断增强。几小时之前，风已经抵达了西部海岸，强风和暴雨重创了美丽的渔村、开阔的高沼地，以及乡村和城镇。鸟儿们抢飞在前面，把这个消息在鸟类王国及其外围扩散，每个听到或感知到这个消息的野外生灵都开始寻找安全的地方躲避，等待着坏天气过去。

初秋时遭遇暴风雨天气是很危险的，因为那时树叶还挂在树上，就像船的帆一样，会让大树更容易被风刮倒。有的鸟知道这些道理，所以它们会寻找更安全的地方，比如到灌木丛、荆棘丛或是浓密的常青藤里躲起来；而那些留在栖息处的鸟，在几小时之后，暴风雨最猛烈的时刻，就只能疯狂逃窜了。

莫斯和伯内特还清楚地记得，大风对他们以前住的那棵白蜡树造成的破坏：那棵树先是出现了松动，然后被从中间整个劈开，他们深爱的家也被完全摧毁了。索雷尔很担忧，他听说过他们的遭遇——而且他也曾住在一棵古老的大树里。可是，多默却很难理解，为什么他们都那么紧张。当然了，霍比人住在室内，那种坏天气他们只是听说过，没有亲身经历过。

“是的，我们要找个安全的地方躲起来。”伯内特说，现在，他负起责任来，“亮闪闪，你说我们还有多少时间？”

“最多几小时。”欧椋鸟说。

“我们必须离树木远远的，”伯内特继续说，“维斯珀，亮闪闪，你们俩行动速度快，先去侦察一下怎么样？找一个能把我们都藏起来的地方。这不太容易，但也不是没有可能。莫斯，索雷尔，你们检查一下我们的存粮好吗？看看还有多少食物，然后平均分到每个人的背包里，以防万一——潘神保佑我们，不要让我们走散。”

“那我该做什么？”多默问。

“你就……别挡其他人的路就行。”伯内特呵斥道。莫斯抬头看见多默的脸色阴沉了下来。

狐狸和欧椋鸟出发的时候天色渐暗，风吹乱了维斯珀身上红褐色的毛，亮闪闪刚一起飞就被风吹得直打转；索雷尔和莫斯把他们所有的食物堆在一起，急急忙忙地进行分类；伯内特开始检查其他装备是否齐全：他们的帐篷、蜘蛛丝睡袋、三根钓鱼线、刻着“史丹利”字样的小刀、几根金属丝线头，还有用干草编织的一卷卷绳子。

多默看见一段绳子上打了一个结，他把那段绳子捡起来，开始解那个结。

“别碰那个。”伯内特气冲冲地说完，一把将绳子夺了过来。

“我只是想帮帮忙！”

“不用了，”伯内特气急败坏地说，“所有东西都要摆放整齐，这就是说，我要知道所有的东西都放在什么位置。”

“那么，或许你首先要注意的就是绳子不要打结，”多默说，“我觉得这样就不算整齐。”

“求求你们，不要吵了，”莫斯哀求道，“现在我们要操心的事情比一段破绳子重要得多。”

“听我说，多默，”伯内特怒气冲冲地压低了声音说，“我知道自己在做什么，我也不需要任何人帮忙，明白吗？”

由于自己没能注意到暴风雨的来临，而让大家面临危险，伯内特感到很自责，而这样的想法反而让他变得敏感易怒，就像大多数人一样：你会不顾一切地掩饰一个自己不愿承认的错误——包括说气话。伯内特现在就是这种状态。

可是，多默这时也不是特别想容忍这些气话，因为伯内特一直以来都在取笑、讽刺和挖苦他的音乐。

“好吧，你说你不需要任何人的帮助，”这个霍比人说道，“可要是没有亮闪闪，我们根本就没有机会为这个你们都特别害怕的所谓‘暴风雨’做准备，所以你也许该好好反思一下。”

“谁在说我呢？”欧椋鸟问。一阵狂风吹来，它做了一个不太优雅的“三点着陆”的动作。一列闪着黄灯的列车飞驰而过，车上塞满了人类，轰鸣声更增加了急迫和紧张的情绪。伯内特跺着脚，气呼呼地走到铁路的护坡上，嘴里嘟囔着人类巢穴里的人什么都不懂的言论。

“哦，没什么，”索雷尔叹了口气，“多默刚才是在说，我们都很高兴，你终于找到我们了。”

“你们几个在吵架吗？”亮闪闪惊讶地叫道，“快跟亮闪闪叔叔说实话。”

“我们都在担心这天气，仅此而已，”莫斯回答，“你发现可以让我们藏身的地方了吗？”

“不远处有个垃圾桶——就在一块长满草的场地旁边，人类在那里把一个圆圆的东西踢来踢去。你们可以从大门下钻过去，然后藏在垃圾桶下面——可能会有点儿臭味，不过这是我找到的最好的地方了。”

索雷尔把全部的背包重新系好，掂了掂它们的重量，然后抬起头说：“我说我们就这样做吧，等维斯珀回来我们就出发。”

“好啊，可……问题是，”欧椋鸟说，“我觉得维斯珀钻不过去，它需要找个别的什么地方。”

他们三个你看看我，我看看你，不知如何是好。现在，天真正地黑了下来，第一拨儿大雨点已经砸了下来。

“糟糕的是，我们现在不在维斯珀的领地了，”亮闪闪继续说，“狐狸总是在自己的地盘上准备几处现成的窝，要么在地下，要么在人类搭的棚子里，但在这里，所有的窝都是属于其他狐狸的，你们懂我的意思吗？如果偷偷地去其他狐狸的地盘，对它来说可不安全。”

“我们可不能第一次遇到麻烦就甩了维斯珀，”莫斯说，“它一直跟着我们走了这么远——我是说，我们应该待在一起。”

就在这时，母狐狸现身了，它的耳朵耷拉着挡雨。等大家都在信号箱的背风面蹲好后，维斯珀告诉他们，它发现附近有一个很大的地洞——是一个废弃的獾穴，反正它觉得是，里面的空间足够他们都躲进去。他们还需要经过几棵树才能走到那里，所以最好马上出发，在风变大之前赶过去。

“獾？”多默问，一脸疑惑的样子，“真的吗？这样做明智吗？”

“别担心，獾都是我们的朋友，”索雷尔安慰他道，“它们是非常干净的动物——甚至还定期更换床垫，肯定没问题的。况且，我们还有其他的选择吗？在这里可不安全。”

隐秘族的小人儿背上各自的背包，狐狸跟亮闪闪说明了獾穴的方向，然后发出三声短促而尖厉的叫声：这是它和伯内特在人类巢穴搜索莫斯的时候就商量好的信号。

莫斯看着一个小小的影子吃力地走向黑夜，然后拿起最后一个背包。伯内特没有看多默，多默也没有看伯内特，而是快走几步匆匆抓住了莫斯的手。现在，霍比人也开始害怕这样的天气了。暴风雨的第一轮强风重重地击打着周围的树丛和灌木，这支勇敢的队伍迎着呼啸的狂风冲进了一片黑暗中。

4

进入地下

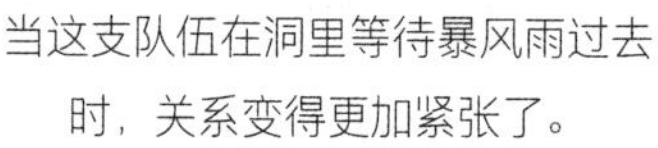

当这支队伍在洞里等待暴风雨过去时，关系变得更加紧张了。

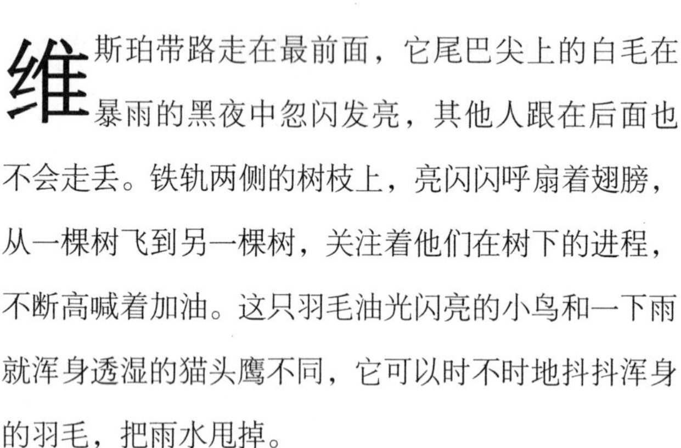

维斯珀带路走在最前面，它尾巴尖上的白毛在暴雨的黑夜中忽闪发亮，其他人跟在后面也不会走丢。铁轨两侧的树枝上，亮闪闪呼扇着翅膀，从一棵树飞到另一棵树，关注着他们在树下的进程，不断高喊着加油。这只羽毛油光闪亮的小鸟和一下雨就浑身透湿的猫头鹰不同，它可以时不时地抖抖浑身的羽毛，把雨水甩掉。

很快，他们就进入一片小树林。这片树林中有纵横的小路，还有沿路设置的狗便收集器和散落着的垃圾，但其实，这里曾是一片广阔大森林中的一部分。

而现在，来这里遛狗的人类都不会意识到，这片树林有多么古老。不过，这里的树知道那些历史——即使是最近才落地生根的树，像花楸树和白桦树，也都知道。当隐秘族走入这片树林时，他们也感觉到了。

獾穴的入口在一棵倒伏的山毛榉树的树根下。那棵树是在多年前那场闻名于世的秋季飓风中被刮倒的。事实上，这个獾穴有好几个入口和出口，而且已经有近乎三百年的历史了。一只具有开拓精神的獾，利用这棵树被连根拔起后留下的坑，挖出了这个特别的隧道。

维斯珀在獾穴的入口停了下来，它回头看了看其他人，亮闪闪正呼扇着翅膀降落到地面，它在队伍的最后压阵。獾穴里往往很宽敞，狐狸有的时候的确会在里面做窝。可作为人类巢穴里的动物，维斯珀从来没这样做过。它犹豫了片刻，然后把鼻子伸向面前这个黑黑的隧道，蹲伏下身子，向前一蹿溜了进去。

像许多野外生灵一样，隐秘族在黑暗中也看得清东西。没过多久，莫斯的眼睛就适应了洞里的黑暗。只有可怜的亮闪闪费劲了些，只听见它在后面跌跌撞撞，嘴里还一直叽里咕噜地咒骂。

隧道很宽，也很高，多年以来，洞壁已经被獾的大屁股来来回回蹭得光溜溜的。洞顶上垂下来许多根须，那是地面上的花草树木扎根的地方。隧道拐了一个弯，然后缓缓地向更深处倾斜下去。他们越往下走就感到越温暖，洞外的风声也越来越遥远。他们时不时地会经过一些岔道的入口，有的岔道带来地面的新鲜空气，有的岔道通往更深的地下，会发出一股强烈的泥土的味道。

他们来到一个宽敞的地下洞室，这里有两个像大嘴一样张开着的黑黑的隧道口。又粗又壮的树根在洞室里盘绕着，就像一根根柱子，还形成了洞室里的一整面墙。维斯珀让大家稍等，它仔细嗅了嗅，四处检查是否有其他居住者的迹象。它闻到的气味很淡，鼻子告诉它，这些气味至少是几星期以前留下的了。

“哎呀，这里太棒了！”莫斯说，他环顾了四周，“这里虽然有些阴冷潮湿，有点儿泥巴味，可说真的，这是个躲避暴风雨的好地方。”

“太完美了！做得好，维斯珀。”伯内特说。

“你还好吗，亮闪闪？”多默问。小鸟弯着腰驼着背，看上去狼狈极了——和它以往神气活现、自信满满的样子可差了十万八千里。

“这简直太反常了，就是不正常。”

“怎么了？”多默问。

“一只鸟，在地底下。我不喜欢这样。听人说，在某个遥远的地方，有一两个我的非常远的远亲，它们会钻到地下挖洞——可不是在这里，也不是我这只欧椋鸟。这不正常，你懂我的意思吗？”

“这种情况不会持续多久的，亮闪闪，”多默安慰它说，“你为什么不把头埋在翅膀里睡上一觉呢？现在应该已经过了你睡觉的时间了。”

“真不知道是这种感觉，要是知道我就不会来了。我像以前那样，找一个僻静的小角落待着就好了，”欧椋鸟咕哝着，“这本来不关我的事，可现在我居然在地底下，在一个洞里，头顶上没有天空，什么都没有，你说说看。”

莫斯轻轻地抚摩着这只可怜的欧椋鸟高高弓起的后背。

“我们把你推到那些树根上去，怎么样？如果你在树根上找个地方栖息，会感觉到脚下是木质的，会知道那上面就是树干，在我们头顶上，高高、高高的地方，树干上面就是茂密的枝叶，直插云霄。那样的话会好受点儿吗？”

他们合力把欧椋鸟举得高高的，然后把它放到了盘根错节的树根上，它的爪子自动握紧树根，摆好了栖息的姿势。

“谢谢啦，老大们。”亮闪闪咕哝着，“老实说，这样的确好多了。晚安。”说完它便睡着了。

一旁，在这个昏暗的、几百年前挖好的洞里，维斯珀也安顿下来，它把下巴支在前爪上，警惕地守候着。

“好了，”伯内特说，他双手叉腰，“那我们该怎么度过这个晚上呢？我一点儿也不累，你们呢？”

“我也不累。”索雷尔说。莫斯和多默摇摇头。

“好吧，那我们玩‘橡子跳跳’游戏吧！”伯内特说。

“我觉得这里的空间不够大，”索雷尔颇有疑虑地说，“而且，多默也不知道怎么玩。”

“那我们三个人玩就好——你不介意吧，多默？瞧见没？多默不介意。”

“喂，听我说，伯内特，”莫斯严厉地说，“我觉得这样做不公平，我们要么想一个大家都能玩的游戏，要么就不玩。要不我们讲故事吧？”

“好吧，”伯内特说，“我先开始讲吧。在遥远的过去，很久很久以前，甚至在人类出现之前，我们族群的祖先，罗宾·古德菲洛，让隐秘族成为地球最古老、最忠实的守护者，守护着这片土地上最美丽的地方，那时候连一个霍比人都没有，而且……”

“够了，我出去散散步。”多默生气地说。他站起来，大步朝着离开洞室的一个隧道口走去——谁也不知道那个隧道通向何方。

“回来，多默！多默，不要走！”莫斯喊道。黑暗中只传来回声。一切都太迟了。

“我们的朋友到底怎么了？”伯内特说，一脸无辜的样子。

莫斯第一次感到了真正的愤怒。有时候，愤怒的同时也感到害怕，所以眼泪会流下来，可这次不会。

“伯内特，你表现得真的太糟糕了，我很生你的气。”莫斯严厉地说。他站在黑黑的隧道口，转过身，怒气冲冲地瞪着伯内特。

“我？我做什么了？”

“你知道你自己都做了些什么！从我们出发开始，你就对多默不好，一次又一次这样。你知道这是什么吗？这是欺负人！”

“什么？我可不是欺负他！我们合不来，我也没办法！”伯内特说。

欺负人是令人讨厌的行为，没人觉得自己会那样做。然而，大多数人，一生中至少有一次，欺负过别人——通常情况下，是在他们感觉到不安全，或是对自己不满意的时候。

“我同意莫斯说的，”索雷尔说，“你一直让多默感到被冷落，而且你是故意的。我想你应该道歉。”

“那多默也应该道歉！”伯内特气哼哼地嘟囔着，“愚蠢的老霍比人，愚蠢的刺猬头。”

“别说了！”莫斯说，“你为什么要这样？你知道多默一点儿也不笨，你也知道，不同的发型、穿着，或者其他的任何不同都没有错。到底是什么让你这样？”

“哦，好吧，我明白了：多默很完美，”伯内特赌气地说，“有这么一位完美的好朋友可真不错。”

听到这儿，维斯珀抬起头，冷静地看着他们三个人。事实的真相明摆着，现在正是弥补的时机。有时候，发生这样的事令人痛心，可结局总是好的。

“哦哦哦哦，你是嫉妒！”索雷尔说，“就是这个原因。嗯，我从来不会这样想，因为我自己也算是新加入的，所以我没想到会这样。”

“哦，伯内特……”莫斯温柔地说。所有的怒气烟消云散，现在他们明白了，他们的朋友受到了多大的伤害。

这一刻，他们三个人拥抱在一起，伯内特流下了眼泪。

5

不是一块馅儿饼

某位客人的餐桌礼仪不寻常，

从天而降来拜访。

隧道里很黑，到处都是岔口。伯内特跌跌撞撞地沿着隧道往前走，时不时地呼唤着多默。这个獾穴真的有点儿像迷宫，虽然伯内特的方向感特别强，也同样存在迷路的风险。

“喂！多默！”伯内特大声喊，他已经喊了无数次，“是我，伯内特，我是来跟你道歉的，你还好吗？”可无人回答。

更令人感到不安的是，你不知道黑暗的隧道中还会有什么。在沿途的一个洞室里，传来一股强烈的狐狸的气味，那里还有一根被啃得干干净净的鸡骨头，一个高尔夫球和一个闪亮的薯片包装袋。春天的时候，那里曾是三只狐狸幼崽的“婴儿房”，那些东西都是它们的玩具。走到另一片区域时，伯内特差一点儿就稀里糊涂地闯入一个拥挤的兔子窝，兔子们还挖了一些直通老獾穴逃生路线的小隧道。

“鼬！”一只母兔看见伯内特走近，尖叫了一声，所有的兔子都慌忙逃窜。这证明了生性凶猛的白鼬、黄鼬都是这个迷宫的常客。

伯内特快要感到绝望了，他既担心多默的安危，也担心自己忘记了回去的复杂路线，就在这时，他突然听到从很远的黑暗处飘来一丝微弱的音乐声。和鸟鸣比起来，曲调更简单，很忧伤，也很悦耳。一小段缠绵的曲子过后，一个声音轻柔地合着节拍，唱起了古老的歌词：

白蜡树、橡树还有荆棘丛，
出现在地球的曙光中。
花楸树和紫杉，
会将这世界变得不同……

伯内特循着音乐声转了几个弯，经过了几个岔口，终于看见了多默。他正静静地坐在隧道的泥土地上，吹着那支白色的笛子，在黑暗中，笛子显得光洁明亮。

“嗨，多默！”伯内特说，“这首曲子真好听，你编的吗？”

“老实说，我也不记得是在哪里听到的了。我迷路了，感到有些害怕，觉得最好是待在原地，万一越走越远了呢。我想，要是我制造出一点儿声音来，没准儿会有人过来。”

“没想到是我吧，对吗？”伯内特说。他也席地而坐。

“其实也不是。”

“听我说，多默，我要向你道歉。我跟库缪勒斯还有莫斯一起生活了很长时间——在库缪勒斯加入之前，就只有我和莫斯！我们一起出来旅行，后来遇到了索雷尔，我们四个人经历了各种冒险。后来，库缪勒斯留在了人类巢穴里，你加入进来，我感觉……你像是要取代我们亲爱的老朋友似的，而且……或许……还要取代我。”

“取代你？可你就在这儿呀！你到底是什么意思？”

“你和莫斯现在成了最好的朋友，我感到自己被冷落了。而且，正是因为我自己没想通，也没跟任何人交流，所以才会举止那么恶劣。我是真的、真的很抱歉。我们能做朋友吗？”

“我很愿意，”多默说，“我一开始就是这么想的——虽说有的时候我有点儿怕你。不过，伯内特，你得记住，莫斯爱你，而爱并不是一块馅儿饼，给别人分一块，并不意味着给你的就变少了。”

“不是一块馅儿饼，不是一块馅儿饼，我想我明白了。”说完，伯内特站起身，面带笑容，“好吧，我们回去找他们吧。我想教你玩‘橡子跳跳’游戏，伯内特版的规则！”

伯内特和多默终于回到其他人身边，他们还没来得及提“橡子跳跳”游戏，就被吓得魂飞魄散——因

为他们俩刚进入洞室，头顶上的泥土就突然哗啦啦地掉了下来，大家发出一阵尖叫。

一堆松散的泥土上躺着一个浑身长着光亮黑毛的家伙，它鼻子尖尖的，哼哧哼哧地呼着气，眼睛小到几乎看不见，但爪子巨大，上面还长着像铲子一样硬硬的指甲。

“抱歉，抱歉，抱歉。”鼹鼠连声说道，它爬起来，把身上的土拍干净，“时有发生，时有发生，我就是路过……我在……在找虫子。”说完，它僵住了，粉色的鼻头朝维斯珀所在的方向不停地抽动着。黑暗中，维斯珀那双琥珀色的眼睛正泛着光，尾巴也颤动着。

“没关系的，”伯内特说，他快步走到狐狸和这只吓呆了的鼹鼠中间，“它不会伤害你的。它叫维斯珀，是我们的朋友。”

“我叫莫、莫、莫、莫里斯。”鼹鼠说。它颤巍巍地伸出一只粉色的爪子，分别跟四个小人儿握了握。它的力道很大，虽说它已经努力地想轻柔一些了，可莫斯还是疼得直甩手，张嘴说了一句无声的“哎哟”。

“很高兴认识你，莫里斯，”多默开口道，脸上露出那种准备讲个冷笑话的神情，“关于虫子……你真的只是路过，还是故意……顺‘掉’造访？”

莫斯和多默都咯咯笑起来，伯内特和索雷尔互相眨了眨眼睛，而维斯珀则翻起了白眼，似乎在说：“哦，我的潘神哪。”

“顺‘掉’造访！”多默一边说，一边捅了捅伯内特的腰，然后用手指了指上面，“它是顺道掉下来的！”接着，他举起那支白色笛子，吹出一组滑稽搞笑的降音，就像在吹奏忧伤的长号曲。这时候，所有人都憋不住了，哄堂大笑起来——甚至连维斯珀都露出它的大白牙，呼哧呼哧地笑出了声。莫里斯已经四仰八叉地躺在它带下来的一堆泥土上，又踢又踹，笑得上气不接下气了，就像一节长着脚的毛茸茸的香肠。多默的笑话虽然不怎么样，但那个音效，再加上隐秘族重新团聚的快慰，让他们都有些轻度的歇斯底里。大家一起欢笑是一种多么美妙的感觉啊：这对他们大有好处，而且让他们再次团结在一起。

“哦，受不了了，”最后，莫斯停下来说道，他抹掉眼角的眼泪，“哦，我的天，天哪，别再惹我笑了，我要受不了了。”

“是啊，受不了了，哦，千万不要笑了。言归正传，我们说到哪儿了？”多默问，他想严肃起来，可没成功。

“莫里斯刚才说，它在找虫子。”莫斯说。

“我是在找虫子！”鼹鼠说，它用粉色耙子似的巨大爪子掸了掸胡须上的土，“瞧，我就是要去抓虫子，然后把它们放到专门的‘虫子间’里——就是你们叫作‘食物储藏室’的地方，之后我会把它们的头咬掉。”

“哦！”多默说。他不笑了，脸色也变白了。自然世界的某些现实对于人类巢穴里的居民来说可能是闻所未闻的，不过，明智的做法就是快速适应——多默决心就这么做。

“那样的话，”鼹鼠继续说道，“那些蠕虫就不知道该往哪儿爬了，所以它们跑不远。等我有点儿饿了，再回去找它们。嘿，如果你们要去旅行，听我鼹鼠一句：你们应该学学我，在背包里放几只新鲜的虫子，什么时候饿了都可以吃！整个自然世界没有比这个更好的了。”

“的确很有创意。”索雷尔持谨慎的态度说道。

“嗯……是啊，”莫斯说，“可是……我不确定那是我们的菜。”

“随你的便，”莫里斯耸了耸它强壮的肩膀，继续说，“不管怎么说，遇到你们几个土地精可太棒了，因为……老实说，我还以为你们早就消失了呢。很遗憾，我就不过去见你们那位鸟朋友了，可这不能怪我，要是它把我带上天，我一定会晕菜！至于那只狐狸嘛，好吧，我很感激它没吃掉我，可它们那族和我们这族的交往历史从来都不愉快。我觉得，我现在得走了，免得它一会儿改了主意！”

说完，鼹鼠便开始挖地，洞室里被压得实实的泥土对它来说似乎只是些肥皂泡泡，仅仅几秒钟的时间，它就消失在了地下，离开了。

维斯珀直起身，伸了个懒腰，嗅了嗅从隧道口飘进来的空气。它闻出来了，新的一天开始破晓，最糟糕的风雨已经过去。

6

现在你看见了……

伯内特正在消失，

需要索雷尔急中生智——要快！

狂风终于渐渐平息，四个小人儿和他们的动物朋友们拖着沉重的脚步，绕过高尔夫球场，穿过学校操场和停车场周围凌乱的树丛，走了整整一天。路很不好走：地面上覆盖着一层厚厚的被大风刮落的湿树叶，还有七零八落的树枝、七叶果、橡果、各种莓果、桐叶槭的翅果[1]以及被废弃的鸟窝，还有一些被风从垃圾箱里刮出来，已经漫天飞舞了一整夜的垃圾。

[1] 翅果是一种果皮上带有薄翅状附属物的果实，可以借助风力进行散播。

一路上，维斯珀可以轻松地小步快跑，亮闪闪也享受着从地下解脱出来的自由，而隐秘族的小人儿们则要艰难地在潮湿的，而且是齐胸高的一片狼藉中跋涉，所以他们行进的速度很慢。另外，多默看什么都新鲜，这就使得整个过程格外累人。

天色近晚的时候，他们已经精疲力竭，再也不可能继续往前走了。

“再有一小时的路程就到河边了！”亮闪闪一头扎下来，喊道，“加油！踩到上面去！”

“我马上就要踩到你上面去了。”索雷尔没好气地嘀咕着。

“你说什么？”亮闪闪叫道。

“没事，亮闪闪，没必要那么慌张。”

“听我说，我想，我们应该停下来，就在这里过夜，”伯内特说，“我们都累了，开始发脾气了，而且，如果我们不能好好思考的话，还有做出错误决定的风险。明天，我们早点儿起床，去找找那条小河，而索雷尔可以开始发明我们的小船。”

“好的，就这样吧，”莫斯说，“而且，我快饿死了，如果继续像这样走，我们必须要吃饱才行。”

“我能帮忙做饭吗？”多默问，“我想学学。住在人类巢穴的时候，我们的食物都是来自人类，我们只需要热热就可以。”

现在，维斯珀溜到一旁的足球场去捕兔子了；亮闪闪飞进一片浓密的常青树的树篱中休息；索雷尔和伯内特支起了四顶帐篷：其中三顶是灰色的蝙蝠皮做的，不仅柔软，而且在落叶中很隐蔽；另一顶是用保鲜膜做的，那是从多默住的那家街角商店的垃圾桶里捡的，在此之前，它曾包裹着一个金枪鱼三明治，尽管大家尽了最大的努力，可它还是散发出淡淡的鱼腥味。更加糟糕的是，当多默躺在里面的时候，大家都可以从外面看到他，而这个可怜的霍比人也可以从里面看到外面。虽然这顶帐篷能挡雨，可看上去还是怪怪的。

“这顶帐篷可不怎么样，对吗？”伯内特对多默说。虽然这不是伯内特第一次说这种话，但他现在的语气比以前温柔多了，“我给你做一顶更好的，怎么样？”

“那简直太好了。”多默回答，他刚点着了火，这是这个霍比人平生第一次生火，他自豪极了，“谢谢你！”

“你知道我喜欢挑战！”伯内特说，“索雷尔，你跟我一起来吧？在没有现成的蝙蝠皮的情况下，我需要你的创意。我们需要一种很薄但又很结实的材料——要么能防水，要么我们能处理一下……”

他们俩的声音渐行渐远，小小的篝火旁只剩下多默和莫斯，橙红色的火焰正噼啪作响。他们一起做了栗子和玫瑰果的炖菜，莫斯教多默怎样去掉玫瑰果里带毛的种子，还给他介绍了隐秘族奇特的传统美食——其中一些山珍野味在很久以前的古老传说中就曾被提及。

“有一件事我觉得不可思议，”多默一边说，一边搅动着烛台大锅里的炖菜，“你能背诵从远古时代流传下来的歌谣和传说，对不对？可是，关于霍比人的最古老的故事也就仅仅能追溯到我们到人类巢穴之后，似乎我们的历史从那个时候才开始，这些我以前还从来没有注意到。”

“霍比人也是隐秘族的一支，”莫斯说，“在你们到人类巢穴生活之前，我们有着共同的历史，我们所有的歌谣和传说也同属于你们！”

“嗯，如今我们都知道了，”多默说，“可还是……那些故事很重要，对不对？我就是希望，也许有办法能把霍比人的故事也加在那些伟大的编年史和传奇里——表明我们也是其中的一分子，我们不是局外人。”

就在这时，伯内特和索雷尔回到了营地，他们欢欣鼓舞地拖着一个大大的马勃[1]，这种真菌的外壁很结实，而且它里面的孢子已经散播出去了。此刻，莫斯明白了多默为什么想要成为隐秘族历史的一部分，他得记住这件事，改天再好好想想。

那天夜里，初冬的第一场霜向他们袭来。天空碧蓝，没有了像羽绒被一样的厚厚云层，空气愈发清冷。黑暗中，微小的冰晶静悄悄地爬上绿叶的边缘，染白了地上的落叶，使大地上到处闪着银子般的光

[1]马勃俗称“马粪包”，是一种真菌，一般为圆球形，成熟时会释放粉末状的孢子。

亮，那些娇嫩的野草和野花则被冻僵了。

四顶小小的帐篷上却没有结霜——三顶是用蝙蝠皮做的，一顶是用被烟熏过的马勃外壁做的——这是因为四个隐秘族的小人儿睡在里面，他们的身体和呼气温暖了帐篷。虽然他们醒来时，白霜马上就要消失得无影无踪了。但这也向他们预告着，更寒冷的天气很快就要来了——所以，他们不能再耽搁了。

其实，霜并不是那个夜晚唯一一件让人担心的事。天刚亮，莫斯就被某个帐篷里传来的哀伤、惊恐的声音吵醒了。

“有人醒着吗？我觉得……我觉得我的胳膊没了。”伯内特用颤抖的声音喊道。

多默是第一个冲过去的。

“哦，伯内特，我真为你难过，”霍比人说，“我能进来吗？你还好吗？”

接着，维斯珀也赶来安慰它的朋友，亮闪闪则抖抖浑身的羽毛从树枝上飞了下来。

“我只剩……只剩下躯干了，是不是？”伯内特说。最后，他走了出来，身体仿佛飘浮在深秋寒冷的空气中。莫斯使劲地咽了一下口水。眼看着亲爱的朋友们这样渐渐消失，而且不知道他们的身体是否还能重现，这简直太可怕了。

“除了躯干，还有脑袋，”多默说，他想给伯内特鼓鼓劲儿，“想想看，你现在可以用你的手做各种粗鲁的手势，而我们却没人看得见。”

“振作起来，头儿，”亮闪闪叽叽喳喳地叫道，“没那么糟糕，你还在这里，和我们其他人一样，还是自然世界的一部分。”

“可是还能坚持多久呢？”伯内特说，声音颤抖着。

“好吧，”索雷尔开口说道，这是他第一次主动承担起小队行进的事，“我本打算花上几天的时间造一只了不起的船，就像溪流居民告诉我的，和你们的亲戚在富丽溪溯流而上时造的那艘船一样。可现在看来，我们没有时间了。不过，优秀的发明家总能随机应变，所以我急中生智。这样：莫斯，你负责早餐；伯内特和多默，你们收拾帐篷；亮闪闪，你飞到前面去，找到去河边最近的路线。我打算以超级快的速度发明一个东西，嗯，马上。就现在。”

突然，一个可怕的想法让莫斯瞬间惊呆了。“等等，如果伯内特的消失症状加重了，那这对库缪勒斯来说意味着什么呢？”

所有人都呆住了，大家停下了手里的活。

“愿潘神保佑我们，”伯内特小声说道，他的眼睛瞪得大大的，“不管怎么说，库缪勒斯剩下的时间不多了，他是我们当中第一个开始消失的人，要是现在……要是……”

“我们不要慌，”多默说，“倒不如请亮闪闪飞回人类巢穴看看，不管怎么说，我们得知道他的情况啊——对吗？”

“可接下来的旅程我们还需要亮闪闪呢，”索雷尔说，“要是没有它在空中导航，坐在我的发明器里航行恐怕太危险了，尤其是下过那么大的雨——河水有可能涨得很高！”

“我认为多默说得对，”伯内特说，“我们必须得知道库缪勒斯的状况。我想，我们只能冒险过河，不要亮闪闪帮忙了。”

“那么？”欧椋鸟问，它看看伯内特，又看看索雷尔，“到底怎么决定？”

四位隐秘族的小人儿相互注视着，过了很长时间，最后，索雷尔点点头，说：“去吧，亮闪闪，快去快回，回来告诉我们库缪勒斯一切都好。”

“我尽力，头儿。”欧椋鸟说完便飞走了。

“维斯珀，”索雷尔说，“我需要你帮我收集一些材料，跟我来，好吗？”

母狐狸点点头，他们俩聚在一起说了几句，然后一起走开了。

维斯珀回来时，嘴巴里叼了一个空的汽水瓶——相当大的一个汽水瓶。它叼着汽水瓶的“细脖子”，就是带瓶盖的那头，可即便这样，还是有些费劲，需要时不时地停下来调整位置。索雷尔跟在它身边一路小跑，气喘吁吁。

“我在人类巢穴里捡垃圾的时候经常看见这些瓶子，我知道你们会说，这可不是什么船，我应该发明个更好的东西，可没时间了，而且这个更安全，还有……”

维斯珀把瓶子放在地上，大家都围了过来。

“我们只需要在上面打一些洞，”索雷尔继续说道，“伯内特，你可以打洞，对吗？只要我们在上面打一些洞，然后把底部再固定一下，它就不会翻滚得太厉害了，那么……”

“等一下，”多默打断他，“你是说，我们都要钻到那里面去？”

“哦，是的，说得对。在富丽溪的时候，我曾经做过一个比这个小一些的，没想到居然特别好用，而且，我们只需要顺水漂流，那样的话……”

“可是，索雷尔，”伯内特说，“我们要怎么样才能让它停下来，好让我们出去呢？我们不会一直顺着河流被冲到海里吧？”

“这个，不一定……”

“不一定？听起来很不确定啊！”

“几乎没这个可能。根据亮闪闪的情报，在你们白蜡树路的老家附近，有一棵倒伏的树，几乎完全横躺在河面上，所以我们应该会被挡住。那时候，我们再找一个脱身的办法就行了。”

“哦，那就这么决定了，”伯内特说，“维斯珀，我们需要你，现在你可千万别抛弃我们。”

7 瓶子船

四个小人儿进入了河道，
希望这次冒险大获成功。

莫斯感觉自己晕得厉害。瓶子在河面上漂浮着顺流而下，偶尔会突然转个圈，仿佛在往回漂，甚至像是在往岸上漂。他们完全没办法把控方向，也没办法停下来。头顶上方是透明的塑料，毫无隐秘可言——但凡有路过的人类，都有可能看过来，发现他们，而他们也无处躲藏。多亏维斯珀尽全力用牙齿把红色的瓶盖拧上了，伯内特钻的一排气孔也一直保持在头顶的位置，没有让水漏进来。索雷尔跟他们解释过，如果在横着的瓶子下方铺上一层湿泥巴，然后把泥踩实，等大家坐到上面后，这个小船就不会翻滚了——这个方法还真奏效。

“我受不了了，受不了了，受不了了。”多默可怜地嘟囔着。他紧紧地闭着双眼，弓着背，身体缩成一团。莫斯虽然也感到头晕目眩，可还是挪到了多默身边，想安慰安慰他。就在一小时之前，这个可怜的霍比人还从来没见过河，更不用说坐上自制的小船，在河面上漂流了。

伯内特和索雷尔密切地注视着瓶子的外面，神情严肃地提防着一切危险。他们觉得，漂流到倒伏的树那里还需要很长一段时间，谁知道中途会撞上什么东西呢？正如索雷尔预料的那样，河水涨得很高，上面漂浮着各种各样的东西：被淹没了一半的超市手推车，浮在水面上的残枝败叶，还有在水面上回旋着的一团团垃圾和浮沫。如果他们在河中间被什么东西绊住，维斯珀也没法儿蹚过来拖他们出去。他们就这样在水中上下颠簸、旋转漂流，母狐狸则沿着河岸跟着他们奔跑——它跑的速度之快，路程之远，隐秘族的小人儿们靠脚力可永远也赶不上。

这条河比富丽溪要宽得多，水流湍急，河水并不清澈——混浊的河水是由天然的泥沙造成的，并不是受到了污染。事实上，这条河里生活着许多河流居民，从石鲽鱼到钉螺、从螃蟹到小龙虾，河床上还聚集着一群群脾气暴躁的河蚌。除此之外，河底还散落着一些古代沉船的残骸、几块罗马时代的护身符、一颗嵌在淤泥里的血红色石榴石珠宝和像骨头一样发白的陶土烟斗，甚至还有金币和戒指，那是几百年前的有钱人丢失的。如今，那里只有一条名叫“咬牙切齿”的巨型梭鱼出没。二十多个布谷鸟夏天以来，它露着两排可怕的牙齿在河底巡游，伺机一口咬住游经此处的任何一条鲃鱼、鲈鱼或鳊鱼——还有那些不幸落入它地盘的小生灵。

河岸两侧，是一座座宏伟的老房子，房前的大草坪一直延伸到河道斜坡。岸边生长着一棵巨大的垂柳，枝枝柳条时不时地拂过水面，抛撒下片片黄叶顺水漂流。一些房子前停着小划艇，有的甚至停着摩托艇，不过，值得庆幸的是，它们都被拴在花园的角落，那天的水面上没有一艘船。

“请问，我们能一直靠边走吗？我希望我们离岸边近一点儿，不要总是到河中央去，那里的水最深。”多默用颤抖的声音说。

“我也是这样想的，”莫斯说，“在中间漂得速度更快，让我更晕。”

“十分抱歉，”索雷尔说，他的目光从透明塑料瓶外移到他们俩身上，看见他们正手牵着手依偎在一起，“问题是，我没有办法控制。要是再多给我几天时间，至少可以造出一个船舵，可我们没时间了。”

“你闭上眼睛试试，有用吗？”伯内特说。

“是的，有点儿用。”多默闭上眼睛试了试。

“不行，这样我更晕了。”莫斯说。他决定睁着眼睛。

就在这时，瓶子快速地旋转起来。大家发出尖叫，纷纷用手撑住瓶子的侧壁。河水“哗啦”一下泼溅在瓶身上，一些水从上方的气孔里流进来，把所有人都打湿了，也让大家对目前的危险状况更加担心了。这就像是在游乐场坐过山车——而且还无法保证你能在终点安全下车。

“抓紧！”索雷尔大声喊。瓶子刚从漩涡中转出来，就赶上一股急流，瓶盖那端一头扎了下去，顺着水流的方向，瓶子被冲到了河的左侧。

“大家还好吗？”伯内特喊。瓶子底部发出两声呜咽声，说明莫斯和多默还可以再撑一会儿。

“哦，我真希望亮闪闪在这儿，”索雷尔嘀咕着，“如果知道它在高空保护着我们，我们就不会那么害怕了。另外，它还可以把我们的情况向岸上的维斯珀报告。现在如果我们真出了什么事，维斯珀都不知道。”

“我同意，”伯内特说，“可没有十全十美的事情，你得接受现实。我们有潘神的保护——我希望是他在守护着我们，而不是什么粗鲁的鸟。”

就在他们说话的时候，瓶子减慢了漂流的速度。莫斯觉得没那么恶心了，多默也坐直身体，睁开了一只眼睛。

“现在好多了，”多默说，“能不能就保持这样继续前进？我可以适应这个速度。”

只过了一小会儿，瓶子就被河边堆积的一些树枝和落叶挡住了，瓶身慢慢地横了过来，最后又被完全卡住，一动不动了。

“哎呀，糟糕。”索雷尔说。

“啊！”伯内特说。

“我可不是这个意思。”多默说。

大家都不说话了，沉默了很长时间。

“现在我们该怎么办？”莫斯问。

“等一等吧，”伯内特说，“希望水流再把我们冲出来。”

就这样，他们坐在瓶子里湿乎乎的泥巴上等着，满怀期待地相互对视。

可什么也没有发生。等了很长时间，什么都没有发生。

“我们该怎么办？”终于，索雷尔开口问道。

“我怎么知道？这是你的船。”伯内特说。

“这不是船，是——单舱筏子，”索雷尔说，“还有，不管怎么说，你才是那个擅长领路的人，反正据说是。”

“嗯——是谁一大早就主动要求负责这一切的呢？我怎么记得是你自告奋勇地要当探险队长的，所以责任在你。”

莫斯开始感到焦虑。每当有人吵架，他都会这样。库缪勒斯总是对他说：“你知道的，别人吵架并不是你的错，而且你也不用管！”可库缪勒斯再也不会跟他们在一起了。

“你们能不能别吵架了？吵架也解决不了任何问题，我不喜欢你们这样。”

“莫斯说得对，”多默说，“反正我们现在该做什么，是显而易见的。”

“是吗？”伯内特和索雷尔异口同声地说，他们同时惊讶地扭过头看着多默。

“当然，”多默说道，“有一次，我的表兄大梁去洗衣筐里偷袜子，也是不小心被卡住了，不上不下的。我们得摇晃它才能挣脱。来吧！”

多默站起身，开始用力推瓶子的一侧。瓶子移动了一下，幅度不大。

“来帮帮我，莫斯！”

莫斯也站起来，和多默一起有节奏地推瓶子透明的内壁。瓶子开始摇晃并且挪动了一下。

“就这样！继续推！”伯内特大叫道，“我们动了！”

“你也过来帮忙吧！”莫斯气喘吁吁地说。

“我有个好主意！”索雷尔说，“我们要跳起来！所有人！来吧，准备……站稳了……跳！”

如果此时此刻你正走在河边，低头看向水面，你会发现有个带红色盖子的汽水瓶正在有节奏地上下起伏，而且有四个小人儿在里面又蹦又跳，大喊大叫。谢天谢地！当时没有人类在附近看到这些——摇晃的瓶子终于挣脱了周围的树枝以及漂浮的垃圾，快速移动到流动的水中，水流又把它推到奔流的河水中央，然后它快速地漂远，消失在视野中。

瓶子里，大家欢呼雀跃。

“我们成功了！我们成功了！”多默喊。

“不，是你成功了！”莫斯为他感到骄傲，“多默，干得不错！”

“是啊！这种做法简直太聪明了，”索雷尔也赞许道，“库缪勒斯就说你会帮得上忙的，果然如此。”

“谢谢你，多默，我真高兴你加入了我们。”伯内特微笑着说。

“哎哟，现在我们在河道的正中央，”莫斯说。片刻后，又听见他含糊地说：“各位，快看！”

大家透过瓶子向外张望。莫斯说得对，现在，瓶子四周都是奔涌的棕黄色河水，刚才卡住他们的那侧河岸早已消失不见了。

“好吧，至少我们现在走得很快，”伯内特说，他努力释放出一种积极的论调，“我们还从没走得这么快过。”

“真的很快，”索雷尔说，“这样不错，对吗？速度快是好事？”

“哦，绝对是，”伯内特说，“只不过——”

“当心！”莫斯尖叫道。就在前方，一棵巨大的树突然横在眼前，说时迟那时快，飞速漂流着的瓶子猛地撞了上去，一下子弹到空中，落下来后，又再次被撞飞，最后落到了河岸边缘。

可是，这不是他们想要到达的那一侧。几小时之前，维斯珀顺着水流的方向沿着河岸奔跑，它找到了那棵倒伏的大树，就等瓶子漂流到这里后，把他们安全地解救出去。可是那个瓶子，还有里面的人，却被冲到了河的对岸。

8

搁　浅

行程受阻……维斯珀
去哪儿了呢？

虽然不会有人承认，但莫斯确实感觉到他们正处于前所未有的危险当中。光天化日之下，一棵倒伏在河面上的大树旁漂浮着一个塑料瓶，四个小人儿被困在了里面，路过岸边的人类完全有可能看见他们；而身处瓶子之中的他们，却无法拧开瓶盖脱身，也根本没有任何地方可以躲藏。

对于隐秘族来说，隐秘就是一切。他们和人类共存了几千年，却只被人类瞥见过几次，而那仅有的几次相遇也被现代人认为是幻觉，或者只是“虚构出来的故事”而已——这简直太了不起了，因为人类对什么事情都喜欢打听，甚至对和他们无关的事也是如此。现在你可以理解了，这四个小人儿陷入如此暴露无遗的境地，他们的内心是有多么害怕。

“我们现在所能做的事情，就是等亮闪闪了，”伯内特一遍一遍地念叨着，“等亮闪闪从人类巢穴飞回来，会来找我们，然后再请它去给维斯珀送信，维斯珀一定在什么地方等着呢。然后，只要维斯珀找到过河的办法，我们就得救了。”

可是，他们等了整整一下午，直到四周的光线都暗了下去，那只欧椋鸟也没有出现。有两次，人类从河边的拖船小道上走过，他们的交谈声震耳欲聋。每当这个时候，河边这几个在瓶子里的小人儿就浑身发抖——可又无处可藏。

“我真希望埃迪能经过这里。”过了一会儿，莫斯可怜兮兮地小声说道，“现在我们真的需要一只水獭来帮忙。”

“哦，对呀，那样就太走运了，”索雷尔回答，“春天的时候，埃迪就把我从富丽溪里捞了出来！”

“问题是，我猜我们不可能一直那么走运。”莫斯说，“我觉得，这一次我们就没有什么运气。”

“要是——要是亮闪闪出事了怎么办？”多默怯生生地说。

“它不会有事的。相信我。”伯内特回答。

“可是……欧椋鸟家族的确出过事。以前人类巢穴里聚集着大群的欧椋鸟，我记得清清楚楚！而现在，已经没剩几只了。我的意思是……”

“它会回来的。我对那只有趣的小鸟很有信心，”伯内特说，“不过，我们还得再等等。在等待的这段时间里，我们要做的就是保证自身的安全。莫斯，我们的食物够吗？”

“我觉得没问题，”莫斯说，“要不我检查一下？”

“好主意。现在，我们能用什么东西伪装一下自己呢？我可不想干坐在这里，等着被路过的人类瞅见，然后再把我们拿起来看个够。”

“可是，这里的空间不够我们支帐篷啊，”索雷尔说，“不过，我们倒是可以把帐篷披在头上，这样我们看上去就像是一些枯树叶，对不对？至少坚持到夜幕降临。我们在公园里支帐篷时，虽说周围有很多人类，可没人发现过我们。”

“这个主意不错。”

“多默，你在人类巢穴里生活了多长时间？”索雷尔问道。大家开始用帐篷把自己裹起来。

“在那里还不是人类巢穴的时候我就生活在那里了，”多默回答，“最早是什么时候我也记不清了，就感觉我一直都是人类巢穴的居民——不像有的人是后来才搬来的。他们从乡村来，总是很怀念以前待的地方。有的人花了好长时间才适应室内的生活。”

“你曾经守护着一整座岛，对吗？”莫斯问。他们三个开始对多默感兴趣了，这是一件好事。听听别人的故事——认真地倾听，并问些问题——这是了解他人的非常重要的方法，也是在彼此之间建立信任的途径。

“哦，很小，”多默谦虚地说，“就是一座小小的岛而已。一条可爱的小溪分成两条支流，环抱着这座小岛，然后又在下游处汇入一条大河。我的小岛一直都没什么变化，甚至后来，当人类在岛上各处盖满了有趣的茅草棚，我的生活也没有什么太大的变化。再后来，一群群的人类漂洋过海来到这里，建起巨大的石头建筑、圆形的露天剧院还有其他令人叹为观止的东西。那时我想，我会很安全的。毕竟，谁能让一座小岛消失呢？可是，他们先是在岛上建造了木头房子，然后就是更大的砖头房子，再后来，整条溪流都被挤到了地下——你们相信吗？没有溪流，就没有小岛。那个地方完全被街道和建筑吞没了，从那个时候起，我就搬到了室内。”

“难道你没想过离开人类巢穴，再找一座小岛，或一条溪流，到乡村去？”伯内特问。

“从来没有想过，”多默回答，“我感觉，我就是属于那里，即使那里已经没有了我最爱的那一点儿东西，我也还是爱着那里！”

“那你为什么要跟我们走呢？”伯内特又问。

“我猜……是因为我听说了你们的故事，意识到外面的世界那么大，有那么多不同的生活方式，所以我想去看看，而不是永远待在一个地方，和同一群人永远生活在一起。而且，我很喜欢库缪勒斯说的那番话，就是在麦克和米恩家的聚会上，我第一次遇见你们的时候——你们还记得吗？他提醒了我，帮助自然世界是多么美好的一件事。过去，我喜欢照管我的小岛，现在，我想重新做个有用的人。”

所有人都点点头。大家都有同样的想法。

说着说着，天渐渐黑了，这让莫斯感觉安全了一些，即便不远处，滨河餐厅的灯又亮了起来，餐厅还有一个伸向水畔的露台。虽然太阳已经西沉，但周围并不是一片漆黑，除非人类的一天宣告结束，灯火通明的餐厅结束营业，周围才能真的黑下来。

“好吧，我想我们应该吃一点儿东西，然后闭上眼睛睡一会儿，”伯内特说，“莫斯，我们有什么不需要生火就能吃的东西吗？”

“嗯，我可以给大家做一些橡果面包夹黑刺李果酱三明治，”莫斯说道，“对了，每个人再来一条晒干的蜻蜓腿怎么样？”

“我就不要了，谢谢！”多默说，“不是说你们的食物很古怪，只是，吃蜻蜓腿的话，我还需要时间适应适应！”

那个晚上，当四个小人儿正躺在轻轻浮动的瓶子

里睡觉时，第一批越冬的候鸟飞来了。一群红翼鸫，从寒冷的斯堪的纳维亚半岛列队而来，发出一声声急促的尖叫。河面之上的夜空中，虽然看不见它们的身影，但可以听见它们在飞行中互相召唤的鸣叫。多默醒过来，听见了它们的叫声，便用胳膊肘轻轻推了推莫斯。他们俩就这样躺着，静静地倾听着鸟叫。一直居于室内的霍比人早已忘记了这样的叫声，他差不多有两千个布谷鸟夏天都没听到过这种声音了。

候鸟的秋季大迁徙拉开了序幕，亿万只候鸟将绕着地球开始迁移。在接下来的几个星期里，将有更多的红翼鸫、田鸫还有太平鸟飞抵，来品尝树篱上、田野中和花园里的山楂果、黑刺李以及其他秋季成熟的果实。天鹅和大雁——就是那些曾带着一个隐秘族小人儿去历险的“天堂猎手”——也会成群飞来；还有一些常见的庭院鸟，比如乌鸫，也会飞到这里来。它们在别处出生，和本地出生的鸟比起来，它们的歌喉更加婉转动听，对生活的看法也更新奇有趣。

与此同时，夏季的候鸟正要离去：毛脚燕和家燕、白喉林莺和柳莺、燕隼和鹨，还有那些长相古怪的鸥夜鹰，等等。到了最后，连春季迁徙中最早飞来的叽咋柳莺，也要踏上几千英里的危险旅程。这场真正的、规模盛大的鸟类更替，总会让隐秘族的小人儿们感到焦虑不安：他们希望秋季迁徙来的新客都能安全抵达，同时，又担心那些离开的朋友们，能否完成那英雄般的飞行壮举，明年春天再顺利返回。

“嘿，那只欧椋鸟迁徙吗？”多默轻声问。

“不，它们整个冬天都会在这里，”莫斯轻声回答道，“事实上，我觉得很多鸟都是从外国飞来参加冬季集会的。这究竟是为什么呢？”

“我只是关心亮闪闪，希望它快点儿回来。”

“我也是，多默，我也是。”

9

怎样变得勇敢

亮闪闪带来两条不幸的消息，不过莫斯为他们指明了前进的方向。

当清晨的曙光照亮大地时，什么东西重重地降落到了瓶身上。瓶子猛烈地摇晃了一下，大家都被惊醒了，莫斯还不由自主地发出一声惊叫。

“里面的人都活着吗？各位头儿？”亮闪闪说，它正探着头从自己两只爪子的缝隙间往瓶子里张望。

四张小脸分别从裹得严严实实的帐篷里露出来，惊恐地看向头顶上方。即使从下往上看，亮闪闪也是一副又疲惫又邋遢的样子，而且，这是破天荒的第一次，它打招呼时没有发出“咔嗒咔嗒”声和口哨声，也没有开玩笑或说粗话。

“哦，谢天谢地，”伯内特说，“是你啊！我梦见有个人类走过来，把我们捡起来扔进了垃圾桶。当我感觉瓶子动了的时候，我还以为梦变成真的了呢。”

“你还好吗，亮闪闪？你看上去可糟糕透了。”索雷尔一边收起帐篷一边说。

“谢谢了，头儿。你看上去也不怎么样。”亮闪闪说道。它跳上岸，从瓶子的侧面往里面看，“现在，我要跟你们说件事——”

“库缪勒斯怎么样了？”莫斯打断它，“说其他事情之前，我们……我们首先想知道库缪勒斯的情况。”

“有道理。”欧椋鸟说，“可你们得先从那里面出来呀？如果你们在里面，我在外面，我们没办法好好说话。”

“出来？你什么意思？出来？我们没办法出来——所以我们才需要维斯珀过来呀。”伯内特说，听上去颇有些怨气，“它现在到底在哪儿呢？”

亮闪闪张着嘴，瞪大眼睛看着他们。

“什么？你们当然能出来！你不是有一个尖尖

的……小东西吗？切割用的？”

大家的目光一齐盯向伯内特。

亮闪闪发出连珠炮似的“咔嗒咔嗒”的笑声，“你们不是想告诉我，你们几个就这样在里面坐了一整夜吧？像一窝田鼠，可怜巴巴的，其实——”

“好啦，好啦！”伯内特叫道，一副惊慌失措的样子，“我忘了，行了吧?!看在潘神的分上，别哪壶不开提哪壶了！”

大家都不想让伯内特感到如此尴尬，索雷尔很识趣地扭过头去，吹起口哨，莫斯和多默一言不发地对视了一下。此刻，他们的这位朋友迈着两条已经看不见的腿，“飘”到了靠近树干的瓶身一侧，然后用一只隐形的手拿起刻着“史丹利”字样的小刀，在塑料瓶上挖了一个整整齐齐的洞。接下来，大家十分轻松地就迈了出去，然后踩着离得最近的一根树枝，安安全全地来到了河岸上。

“行了，”伯内特说，他把刀小心地收好，“以后我们谁也别再提这件事了。现在，跟我们说说你的消息吧。”

“库缪勒斯消失了，”亮闪闪脱口而出，“很抱歉由我来告诉你们这个消息，我多希望带给你们一个更好一点儿的消息。”

莫斯开始哭了。

“消失……完完全全消失了？”伯内特轻声说。

“据说，偶尔还可以听到他的声音。我没听见——你知道的，我没进到房子里面去——不过麦克和米恩都说，他们有时候还能听到库缪勒斯的声音。”

“那他说什么了？”索雷尔问。

“那个……那个很难听清，反正他们是这么说的，好像是关于一棵花楸树。”

“一棵什么？”莫斯含着眼泪问。

小鸟耸耸肩，“我不知道，头儿，我感到很遗憾，真为你们感到难过。”

就这样，大家都坐在河边，抹着眼泪。

“喂！”亮闪闪终于开口了，它用嘴轻轻地啄了

啄多默的屁股。这个霍比人和库缪勒斯在一起的时间不如其他人那么长，所以，在其他人都很悲伤的时候，他似乎是最佳的谈话对象。

“什么？”多默转过身问。

“抱歉，头儿，就是……嗯，我们需要说说维斯珀的事。”

多默跟着欧椋鸟走到一旁，这样他们好说话。

“它受伤了，还是怎么了？”

“它——好吧，我本来不想说，可还是告诉你吧，它走了。”

“走了？去哪儿了？”

“回人类巢穴去了。它跟我说，它已经两天没捕食了，能量消耗得很快。它过不了河，明白吗？水流太急，它游不过去，而且，就算狐狸一路小跑，跑到最近的那座桥就得一天多，等过了桥再回到这一侧时，也需要同样多的时间。”

“我理解，”多默说，“我相信其他人也都能理解。只是——让我来告诉他们这个消息吧，好吗，亮闪闪？”

“当然好了，头儿。”亮闪闪听起来仿佛松了一口气，“既然你在这儿，我们就快速商量一下，看下一步怎么办？”

“商量？跟我？”多默说，“哦，不行，这么重要的事，我想你应该跟其他人商量。我还什么都不清楚，不能帮着做计划。”

欧椋鸟把脑袋歪向一边，眼珠直直地盯着多默。

“哦，不行？那是为什么？”

“这个，因为……因为我差不多是这里年龄最小的一个，而且，我都想象不出白蜡树路那个地方是什么样的，更别提带领大家去那儿了，还有……”

“你有常识，不是吗？你还知道关于人类的各种各样、五花八门的事情。依我看，你们每个人都一样重要——这和你在自然世界里生活了多少个布谷鸟夏天没有关系。”

“哦！”多默说，“要是这么说的话，我想也行……那你就告诉我到底是什么事吧，如果我能帮忙，我一定帮；要是不行，我就去叫索雷尔或伯内特来。”

“这就对了。现在的情况是，白蜡树路已经离这里不远了——事实上，你们已经快到了——可我们必须得穿过镇子的中心。这个地方不大，可要是沿着边缘绕过去的话，需要的时间就太久了。你明白我的意思了吗？所以，我想，我们先等到天黑，然后直接横穿过去。”

“听起来有道理。这个地方是不是像人类巢穴那样，一到晚上，到处灯火通明，死亡车流穿梭不息？”

“不，这里安静多了，也没那么多人类——尤其到了晚上。在最热闹的地段，那些又高又大的杆子上会亮着灯，不过，我们可以走一条更僻静的路，那里可能会安全些。”

“我们要穿过死亡车流吗？”

“一次或两次吧。”

“那个我可以负责，对吗？我过的马路比其他人都多。”

“棒极了！”亮闪闪赞许地点点头说，“瞧见没？我就说你很有用。”

多默脸红了。“那么，现在就只剩下一件事情需要担心了，对吗？”

“什么事？”

“猫。”

“老实说，我都忘了你们不会飞。”

“谁能帮忙保护我们呢，亮闪闪？最后这一段路，我们需要一个保镖。”

“要是庞大的欧椋鸟群还在，那就最理想了，”小鸟说道，眼中流露出怀旧、伤感的神情，“昔日，大群的欧椋鸟遮天蔽日，它们在空中结成一团，旋转翻飞，俯冲翱翔。哦，我往昔的岁月啊！”说完，它抖了抖身上的羽毛，“那些岁月已经消逝了，现在言归正传吧。我告诉你谁也许能帮得上忙，只要它们肯熬夜就行：喜鹊。它们的喙相当厉害，并且它们一直和猫不对付，哦，它们是天敌，这是有渊源的。”

“好主意——你认识它们吗？”

“我不行，头儿。”亮闪闪说，它不自在地来回倒腾着左右脚。

“你……你害怕它们？”

“什么？我？我害怕？当然不是。”欧椋鸟说，它躲避着多默的目光，“我不害怕任何一只鸟，不知道你在说什么。”

多默本来想再说些什么，可又决定不说了。

“好吧，那还有谁在晚上活动，并且愿意帮助四个从未谋面的隐秘族的小人儿呢？”

“嗯，我知道你们都喜欢冒（猫）头鹰，可在这地方我谁也不认识。这里也有狐狸，可我不知道它们都在哪儿。刺猬身上都是刺，不过要是能找到一只就算你们走运——它们都快在自然世界中消失了，就像你们一样，希望你别介意我这么说。所以，这么说来，现在只剩下蝙蝠了。”

“蝙蝠？”

“我知道，头儿，可我能想到的就只有它们了。现在，大部分蝙蝠都要开始冬眠了，不过可能还剩几只。”

“你说的是……蝙蝠？竟然是……蝙蝠？”

“是的，蝙蝠。听我说，你和我都知道，它们可是潘神领地里最可爱、最善良的生灵了，仅次于睡鼠、熊蜂——当然，还有你们一族。”

“哦，当然。”

“但是猫却不知道这点，明白吗？猫是被人类驯养的，它们不属于野外生灵。它们完全不了解我们。我们设想一下：现在你是一只猫，刚吃完黏糊糊、臭烘烘的剩饭，和人类腻腻歪歪地玩耍过后，还是想弄死一些小东西取乐。所以，你在夜里跑出来，趾高气扬地扭着身子走啊走——就在这时，嘭！啪！一大堆蝙蝠从天而降，噼里啪啦地砸向你的脑袋。很害怕，对吧？”

“我猜，会吧？”

“相信我，”亮闪闪说，“我知道该怎么办。现在，你去把关于维斯珀的消息告诉你们的人吧，太阳落山后我回来找你们。”

“好吧，可是……你要去哪儿？”

“这个嘛，我得先去吃点儿东西，你明白吗？然后得去洗个澡，再小睡一会儿。之后，要是天遂人愿，我看看能不能给你们找到一帮大棕蝠，要是能找到几只强壮的山蝠就更好了。还有问题吗，霍比人阁下？好的。回见！”

四个小人儿藏到了河岸边那棵倒伏的大树的树根下。他们只吃了一点点食物，大家聊着天，缅怀着他

们那位睿智、善良的朋友，所有人——包括多默——都爱戴他。一想到再也见不到库缪勒斯那可爱的、只有一只眼睛的面庞，大家都感到特别难过，尤其是想到都没能跟他好好道别，大家就更加难过了。他们都哭了，诉说着对朋友最深的怀念。

当伯内特、索雷尔和莫斯听说了维斯珀的事情后，都出乎意料地表示能够理解；其中一个原因就是，他们都知道那种筋疲力尽、担惊受怕，又离家那么远的感觉。

“我不怪它，”伯内特伤心地说，“我真的不怪它。相反，我会想它的。我想我——我喜欢它，有那么一点儿。”

“我感觉我们还会再见到维斯珀的，伯内特，”莫斯说，“我也不知道为什么，就是有种感觉。”

“我相信我们也会再见到库缪勒斯的。”伯内特坚定地说。

“可是——还没有消失了的人又重新出现过，”索雷尔说，“对不对，多默？我不是想粉碎你们的希望，但睁眼看看事实吧，伯内特。当我们消失了，我们就是消失了。”

“我想，恐怕事实就是如此，”多默说道，“有些消失了的人，虽然声音还停留在空中，可是——哦，很抱歉我得告诉你们——停留的时间不会太长。”

“你说的也许是对的，”莫斯回应道，“可那是在我们采取行动之前。丝毫没有冒犯你的意思，亲爱的多默，你们霍比人好像就这样轻易地接受了命运。可是，对我来说，一切还没有结束，如果库缪勒斯的声音还在——哪怕只有微弱的一点点——那就不算完。我说得对吗，索雷尔？伯内特？”

“我想是吧……”索雷尔有些迟疑地说，伯内特勉强点了点头。

“听我说，我们不能就这样放弃，”莫斯坚定地说，“如果放弃了，那我们明确地知道接下来会发生什么：库缪勒斯会消失，我们这个族群也会在自然世界中消失，一个接一个，直到一个都不剩。可只要我们还在努力，那就一直、一直有希望。”

“可那很难，只是希望，”伯内特说，“那意味着你有可能会失望。”

“你知道吗？伯内特，你说得对。”索雷尔接着说，“我感觉这和我搞发明一样，要是搞砸了，放弃最容易，这样事情就简单了，有时候还会让你倍感轻松，对吗？不过，我也意识到，那样做不是……不是很……”

索雷尔仿佛在使劲地搜索着一个词，整个脸都拧成了一团。

“不是很什么？”莫斯问。

“不是很勇敢！”索雷尔总结道。

伯内特皱皱眉头。“我可不想当个懦夫，我一直认为自己是个有勇气的人。”

“你是的，伯内特。”多默说。

“瞧，我们都想勇敢一些，对吗？”莫斯说，“那好吧，我们就这样做：大家继续努力，不管是否有用，也不管结局如何。这就是勇气的意义。”

10

穿越镇子

伏翼[1]可以做保镖吗？
我们很快就知道了！

下午冷飕飕的，河岸边，各色树叶飘飘落下：有白蜡树的小黄叶子，莫斯和伯内特在白蜡树路的老家见过很多；有橡树红褐色的叶子，每片叶子都镶着波浪似的花边，索雷尔最熟悉了，因为他曾住在富丽溪旁的橡树湾；还有硕大的橙黄色的叶子，顶端尖尖的，多默一下子就认了出来，那是法国梧桐的叶子，和人类巢穴里生长的那种一模一样。

四个小人儿花了整整一下午的时间：他们先是把

[1] 伏翼是一种体形较小的蝙蝠，灰黑色，它们白天休息，晚上出来觅食。

塑料瓶里的泥土倒空了，然后把瓶子拖到河畔小路边的一个垃圾桶旁。接着，伯内特把一根拴着铁丝钩的绳子抛了上去，他顺着绳子爬到垃圾桶上，再把钩子和绳子抛下来，就这样，大家合力把塑料瓶扔进了垃圾桶。

后来，天色慢慢暗下来，不远处的镇子上空，在一片屋顶后，渐渐升起了人类称之为“猎户”的星座，隐秘族叫它“潘神座”。它的出现象征着冬季的来临，对于莫斯和伯内特来说，它的出现还意味着潘神的护佑。所以，看见它的形状出现在天边，守望着地上的大家，他俩高兴极了。

莫斯用火石点燃一些干燥的苔藓，生了一堆火，然后快速地为大家准备了一些油炸榛果馅儿饼。吃完晚餐后，大家都坐下来，静静地等待着亮闪闪——以及它可能带回来的某一位。

“我已经有很长时间没正式结识一只蝙蝠了。”伯内特说。

“我也是，”索雷尔回应道，“我以前倒是认识一两只水鼠耳蝠，它们在富丽溪上空捕食蜉蝣的时候和我打过招呼，但我们从来没有机会好好认识一下。”

“我曾经遇到过几只棕色长耳蝠，”多默说，“它们当时就在我住的那幢房子的阁楼里过冬。过去那个时候，人类更友好，他们乐于接纳蝙蝠、鸟还有各种各样的小动物和他们共居一室！”

“长耳蝠可能会是不错的保镖，你觉得呢？”伯内特说，“它们的耳朵令人叹为观止，我想，要是来上一只，准会让猫吓一跳。”

“其实，我倒不介意是哪种蝙蝠，”索雷尔说，“只要不是那种微型的、不中用的小……”

“都还好吗，各位头儿？”暮色中，亮闪闪降落在他们身边，“请允许我介绍皮普跟斯奎克，它们正在我们头顶上空盘旋着，你们现在看到的是——”

“该不会是伏翼吧?!”索雷尔和伯内特齐声抱怨道。

“真是粗鲁！”头顶上方传来一声尖得离谱的声音，听起来就像是湿手指划过玻璃。

“我真想拍拍翅膀走人！”黑暗中传来另一个声音，还有一对黑色翅膀微微扇动的声音，“而且你想想，我们本来打算从今天夜里开始冬眠的！”

“哦，天哪，”亮闪闪咕哝道，“有时候你们这些人真是不可思议，你们最好马上跟它们道歉，马上。”

伯内特和索雷尔互相用胳膊肘碰了碰对方，气恼地小声推托着。“你说！”“不，你说！”最后，莫斯向前走了一步，他抬头望向黑漆漆的天空。

“我们很抱歉，斯奎克、皮普！”

“我们真的需要你们的帮助，”多默补充道，“请原谅我们没礼貌的朋友。”

由于一些身体部位消失了，索雷尔拍打在伯内特身上的那两只手没有人能看见，伯内特的四肢也完全消失了，他偷偷地去踩了一下索雷尔那只还没有消失的脚。

“我真不理解，你们有些人。”亮闪闪叹了一口气，它张开嘴，向空中大喊，“嘿！来歇歇吧！”然后大步走到他们面前。

两只小得可以装进火柴盒里的微型蝙蝠，扑腾着翅膀越飞越低，在距离大家的脑袋只有几米的上空盘旋着。

“我觉得他们是精灵。”那只叫皮普的伏翼尖声叫道。

“我同意，”斯奎克用细嗓子回应道，“他们不可能真的是隐秘族——他们是装的。反正，我妈妈就是这么跟我说的。”

“我们真的是隐秘族，”多默说，“连我也是，我是霍比人——不过，现在我们别计较那个了。不管怎么说，感谢你们同意护送我们穿过小镇，很抱歉，打断了你们的冬眠计划。”

“这才像话，”皮普说，“很高兴你们中间还有明白事理的人。刚才，你说你们想去哪儿？”

“白蜡树路，”莫斯说，“就是春天的时候，有棵大树倒下的地方。”

“哦，我们知道，”斯奎克说，“谢天谢地，我们认识的人中没有在那棵树里冬眠的！否则那可真是一场灾难。”

“恕我冒昧，那就是一场灾难！当时，我和莫斯正在那棵树的树洞里熟睡呢。”伯内特插嘴道。

“哦，实在抱歉。你们在那里面住了很长时间吗？”

“几百个布谷鸟夏天吧，那里——那里是我们的家。”

“哦，好吧，恐怕现在不是了，”皮普尖声说道，它依然在他们头顶上空盘旋着，“人类把那棵树砍断拉走了，连树根也不剩，后来，他们用土填平了树根处的大洞。现在那里就是一片草坪，平平整整，绿油油的，上面什么都没有了，仿佛那里从来不曾有过一棵白蜡树。”

伯内特和莫斯垂头丧气地互相看了看。最后一排古老的白蜡树就这样没了，没有留下一丝曾经存在过的证据，这实在令人伤心。

“不过，我们还是要去那个花园，”莫斯说，“在你们俩和亮闪闪的帮助下，我们能不能躲开猫，安全地穿越这个镇子？”

“绝对没问题。”

“你确定吗？”莫斯问，“就是——嗯，问题是，不久前我曾被一只猫抓住过，所以真是心有余悸。”

“相信我们。我们或许体形微小，但仍然可以保护你们。”

他们开始沿着从河岸到房舍的一条小路前进。亮闪闪在他们头顶的树枝间跳跃着，压低声音为下面的人指示方向；两只伏翼则一直在他们头顶上方的位置盘旋，呼扇着翅膀充当前哨。一路上都有路灯照着亮，虽然皮普和斯奎克留心查看着他们周围是否有扑棱的飞蛾，可其实，在一年中的这个时候，飞虫并不常见。

莫斯注视着沿路一座座联排房屋里的灯光：百叶窗的缝隙间，客厅的电视机里闪着蓝莹莹的光；楼上的房间里，窗帘透出温暖的橙黄色的光，那是孩子们在读书，或是在听大人讲故事，又或者，他们已经盖好被子睡着了，只有小夜灯闪着微微的光。

“这里有熟悉的感觉吗？”索雷尔问，“我们现在应该不远了。”

“我还什么都没认出来呢。”莫斯说。

“不对，所有这些房子都是后建的，我和莫斯在白蜡树里安家后才建的。”伯内特说，“过去，这里都是一片田野——哦！泥巴路上还有一座可爱的用木头盖的农舍。”

“白蜡树路变成了人类巢穴的郊外，想想真好笑，对吗？”莫斯继续说道，“我们真没想到！我的意思是，我们知道田野上盖了很多房子，我们周围也有越来越多的人类生活，可我们没意识到人类巢穴已经延伸过来，把我们包围了。”

他们路过一个大教堂，走到一条街道的尽头，然后拐了一个弯，来到一个宽阔的步行商业区，街道两旁都是商店。虽然此时一个人类都没有，可商店的展示橱窗里还亮着灯，这让隐秘族感到十分惊讶。

“我就说嘛，这对所有的夜行居民来说有多混乱。”空中，皮普尖声说道，“我更喜欢住在暗一些的地方，你呢，斯奎克？”

“鸟类也会感到混乱，”斯奎克尖叫道，“难怪它们有时候在夜里唱歌，太可怜了。”

多默环视了一下这个步行商业区，发现这里没有多少地方可以藏身，也没有什么阴暗处便于快速穿越而不被看见。

“我们只能冒险了。大家尽快冲过去，但不要散开，好吗？”

其他人都点点头。

“你想抓住我的手吗，莫斯？”伯内特问。

“好啊，谢谢。”

多默在前面领路。一群小如老鼠的人，急匆匆地走过几家卖服装的商店、一间药店、一家鞋店还有一个书店（大家都知道，这是最好的一类商店），然后是一家慈善商店。慈善商店门前有两个大袋子，里面装的是捐赠的玩具和衣物，等到早上就会有人拿进去。多默警觉地快速躲到袋子后面，其他人也都跟着，他们要喘口气。

“现在怎么走，亮闪闪？”

“过马路，从那所超大的孩子们的学校穿过去，拐个弯，就到你们的家了。嗯，不是你的，多默，不过你知道我的意思。”

“我们有没有时间检查一下袋子，看里面有没有什么有用的东西？”索雷尔满怀期待地问。

“没时间！”其他人异口同声地说。

马路很宽，虽说已经是夜里了，可道路双向还是会有几辆死亡车辆轰鸣而过：有普通的车辆，有出租车，甚至还有一辆夜间公共汽车。路的前方是一个左转弯，很难看见从那个方向开过来的车，也很难判断车的速度。

“所以，现在能做的就是等个空当，然后尽快地跑过去。”伯内特说。

“实际上……”多默说。

“我们跟鹿群在一起旅行的时候就是这样，还挺奏效，大家说对吗？”

说完，伯内特大步朝路肩走去。

“嘘！等等！”多默叫道，“回来，那样不安全！”

“什么？”

“就是……嗯，还有另一个过马路的办法，是我在人类巢穴时学的。看见那些上面有灯的大杆子了吗？看到地上的条纹了吗？每隔一段时间，那些灯就会变成红色，然后所有的死亡车辆就会停下来，好像潘神下令了似的。接着，会响起‘哔哔哔’的声音，那时就可以直接走过去了。”

“可是——要是我们大摇大摆地从前面走过去，

是不是就被死亡车辆里的人看见了？”

“诀窍就是我们从车后面过去。”

因此，他们是这样做的：先等交通信号灯变成红色，人行道上响起“哔哔哔”的声音，然后，他们排着队从等红灯的车辆后面过了马路。倒是有一个司机看了一眼后视镜，不过他看到的只是柏油路面上被风刮飞的几片树叶而已，根本没人起疑。

“喔嚯！”多默欢呼，他高兴地和每个人击掌。

“干得不错！”亮闪闪说。

“很棒！”伏翼们尖声叫道。

接下来，他们走到学校操场的围栏处，亮闪闪栖在了栏杆上，四个隐秘族的小人儿轻轻松松就穿过了围栏的空隙。皮普和斯奎克盘旋着越飞越低，最后它们的爪子一下子抓住栏杆，倒悬在四个小人儿的上方，这样他们就能在一起方便地交谈了。

“好了，你们几个，前面就是最后的冲刺阶段了，”亮闪闪说道，“在这栋不知是个什么楼的另一侧，就是白蜡树路。沿着那条路一直走，你们就会看到你们以前住的花园。皮普，斯奎克，你们准备好了吗？我侦察过，这里可能会有猫出没。”

“我们准备好了，”皮普说，“无论是什么东西，只要靠近你们，我们就用翅膀扇它的脸——我们俩一起扇！”

“扇——扇——扇——扇——扇！接招吧，小样！”斯奎克兴奋地尖叫道。

“真不敢相信我们这么快就要到家了，虽说历经了千辛万苦，”莫斯说，“要是库缪勒斯还跟我们在一起该多好——你说呢，伯内特？”

伯内特点点头。“的确感觉很奇怪，可你知道吗？库缪勒斯一定希望我们完成使命，所以，我们接下来还要继续。”

四个小人儿排成一列沿着操场的边缘出发，然后紧贴学校教学楼的外墙走着。窗户里都黑着灯，唯一亮着的是正门上方的一盏灯，把他们的影子在地上拉得长长的。索雷尔一下子被画在水泥地上的“跳房子”格子吸引住了，他想仔细研究一下。不过很快，其他人都过来催他，不由分说地把这位朋友拽走了。

他们转过一个弯，急匆匆地走过一扇对开的大门，又快速冲向一排长凳，然后停在一张长凳下面喘了口气，接着，在亮闪闪压低声音的鼓励下，他们继续快跑，蹲下再跑，终于跑过了一个大型攀爬架。

他们差不多就要穿过操场了，围栏的另一边近在咫尺。突然，一个黑影从一堆灌木丛中闪了出来，伏翼们立刻俯冲而下，发出尖厉的声音，就像吹响战斗的号角。莫斯惊叫着一把抓住伯内特，伯内特努力稳住自己。一片黑暗中，他们不知道突袭来自何方，所以大家都紧紧护在莫斯周围，双手抱住脑袋。一时间，黑乎乎的翅膀呼扇着，乱作一团。亮闪闪也俯冲下来加入反击，它发疯似的“哔哔哔”的尖叫声加上一连串的怒骂使得局面更加混乱。

忽然，战斗冷不丁地结束了：有人大喊了一声。两只伏翼迅速散开，重新挂在了栏杆上，亮闪闪也惊讶地向后跳了一步。原来，出现在学校操场的水泥地上的，此刻站在他们面前的，不是一只猫，连一只小奶猫都算不上，而是一个怒气冲冲的、陌生的隐秘族的成员。

11

打人的蝙蝠

大家在学校里得知了
新情况。

一轮圆圆的狩猎月[1]挂在天上，月光冷冷地洒在空无一人的操场上。莫斯、伯内特、索雷尔和多默目瞪口呆地注视着眼前这个一身黑衣，正对他们怒目而视的人。

“赶紧，走开！”那个小人儿怒吼道，“把你们……你们打人的蝙蝠带走，还有那只浑身都是虱子的欧椋鸟也带走！这是我的地盘，这里不欢迎你们。”

[1] 狩猎月是指秋分后的第一个满月，有时特指十月的满月。此时的月亮又大又亮，有利于人们狩猎或收获庄稼。

“喂，你说谁浑身虱子？”亮闪闪叫道。它鼓起浑身的羽毛，站得昂首挺胸。莫斯的心怦怦直跳，大喊大叫总是让他感到害怕。

“我让你们消失！”陌生小人儿大喊道，“否则我放老鼠来咬你们，我说真的，你们一定不想那样吧！”

“我还挺喜欢老鼠的，”伯内特小声对索雷尔说，“一直都喜欢。”

那个人向前走了一步，紧握着拳头，然后平静地说：“不要让我再重复一遍！”音量很小，但比大喊大叫更让人害怕。

“走吧，我们走！”索雷尔说，“怎么样，各位？亮闪闪？莫斯？现在，我们走，不要跑。”

他们慢慢向后退，一直退到围栏处，蝙蝠正在那里等他们。他们一个一个地从围栏的空隙钻了出去，来到另一条街道上。然后，他们快速跑到一个大的灰色垃圾桶后面。每栋房子前都立着这样一个灰色垃圾桶，它们就像复活节岛上的一个个高大石像一样，守卫着那些房子（相比人类掌控的世界，夜晚则是垃圾桶的天下）。斯奎克和皮普在他们头顶盘旋着，索雷尔率先开口道：

“哎呀，我真没想到，唉——我真没想到。你们一直住在这里，竟然没发现街道的另一头住着另一个同类！”

“我简直不相信！”莫斯说，“你呢，伯内特？”

“为什么没人告诉我们？”伯内特回答，“比如，那位乌鸫先生？可能它早就知道了。”

“或者说，更直白一点儿，某只欧椋鸟呢？”莫斯扭头看着亮闪闪说，“我的意思是，你以前经常到这里来——因为你老是说起孩子们掉在地上的食物！”

“我发誓，头儿，我从来就不知道！你以为我是故意不分享这么有价值的情报，而让你们跑了那么一大圈，去寻找你们的同类？给我一点儿信任好吧？”

“说得有道理，”莫斯说，“再说，不管那个人是谁，好像不太合群，也许他不经常出来走动。”

“我觉得，是因为那两只蝙蝠打了他，”伯内特说，“而且，我的态度可能也不太好。”

多默大胆提出了他的想法：“你们知道吗？我有

种感觉……我想，他也许是个霍比人。”

“哦，那倒很有意思，”索雷尔说，“你为什么会这么说？”

“嗯，我也说不准，不过……我觉得他穿的那身黑衣服不是用自然材料做的，倒像是人类制造的东西，你们注意到了吗？”

“我没有注意。”莫斯说。

“我也没有。”伯内特说。

“既然你提到了这件事，我想我明白你是什么意思了！”索雷尔说，“那个材料好像有点儿光泽，而且防水……我觉得我以前在哪里见过。”

“多默，我敢打赌，如果你试试，一定能跟他交上朋友，”莫斯说，“其中一个原因就是，你特别善于交朋友。当时，我们俩才见了大约六秒钟，你就让我感觉到我们好像是老朋友了。”

不过，现在没有时间进一步讨论这个问题了。“打扰一下，”空中传来斯奎克尖尖的声音，“你们还需要我们吗？还是从现在开始你们就安全了？只是，刚才皮普听见远处一个垃圾堆里，有蚊子刚孵化出来的声音。”

“安全了，”亮闪闪说道，“我的意思是，这条街的尽头只有一只猫，而且它还戴着一个特别响的铃铛，所以我们基本上是安全的。”

“哦，太好了——那我们就放心了！”皮普叫道，“好吧，很高兴认识你们，精灵们！一定保持联系。”

“等一下！”莫斯喊道，“在你们离开之前，我想问一下——你们说过，你们要开始冬眠了是吗？”

“是的。今年的虫子都被吃光以后我们就要冬眠了，”斯奎克说，“我想，这取决于今天晚上我们能找到多少蚊子，还有，气温是否下降。你有事吗？”

“哦，就是……你们再多等几个晚上，可以吗？比如三个？要是等到那个时候，你们还没收到我们的消息，你们就可以放心地去睡觉了。”

“那好吧，我们可以试试，一切取决于天气，”一个又高又尖的声音说道，“你说呢，皮普？”

“我们不能保证什么，尤其是坏天气马上就要来了……不过，我们会尽力的！再见了！再见！再——见——”

蝙蝠消失在一栋栋房子的屋顶之上。多默一脸疑问地望着莫斯说："怎么回事？"

"哦，没事，"莫斯说，"只是脑子里的一个念头。"

"好了，"亮闪闪说道，"你们几个准备好了吗？只要再走过六栋人类的房子，我们就到了。"

"真是奇怪，我居然什么都不记得了，"说着，伯内特从垃圾桶后探出头，窥视了一下周围，"可是，我又有种感觉，我们就快到家了。"

"这是归巢本能，"亮闪闪说，"我们鸟类有很强的归巢本能。至于你为什么不记得了，这是因为你们离开的时候，走的是这条街的下段，而现在我们在上段。"

"啊，原来是这个道理。"

说完，四个朋友小心谨慎地从垃圾桶后面走了出来，他们紧贴着人行道的内侧，黑夜中，一行人静悄悄地沿着白蜡树路前进着。莫斯时不时地被有些人家摆放在门前的南瓜灯吸引，那些南瓜灯持续散发着香甜的气味；与此同时，路边停放着的死亡车辆让索雷尔产生了浓厚的兴趣，他在脑子里记下位置，打算找时间再回来看看——只要那些庞然大物似的机器都睡着了，就像现在这样。他们路过一个又一个垃圾桶，终于，他们看到了一个大大的白色牌子，上面有六个黑色的符号，分成两组，每组三个。牌子下方的“两条腿”散发着一股强烈的狗尿的味道，他们赶紧走开了。

亮闪闪在他们头顶上飞来飞去，一会儿停在花园的围墙上，一会儿栖在行道树下层的树枝上，黑珍珠似的眼睛一直警觉地盯着四周。从它有利的视野望过去，一下子就捕捉到了莫斯和伯内特脸上的反应，他们认出了这个地方。

伯内特停下脚步，一动不动地呆呆站着，其他人也都停了下来。他仔细盯着两座房子中间那条通向后花园的小路看了一会儿，然后突然转身看向莫斯，两个人把手紧紧握在了一起。索雷尔和多默向后退了几步，好让这两个朋友独享这幸福的时刻。

“就是这儿，莫斯，”伯内特轻声说道，“终于到家了。你什么感觉？”

“跟你说实话吧，我有点儿紧张，”莫斯说道，“我本来都做好了准备，要接受我们的树不复存在的事实，可我真不知道自己到底能不能接受。”

“我也是，”伯内特回答，“我们可怜的、亲爱的老白蜡树。”

莫斯紧紧握了握伯内特的手。“来吧，我们一起面对——好吗？”

就这样，他们两个人沿着房子边上的小路向前走，路过下水道和垃圾桶，再从花园大门下钻过去，终于回到了那座可爱的花园，那座他们曾以为自己再也见不到了的老花园。

第二部

紫杉

12

家，甜蜜的家？

回到白蜡树路，
惊喜不断。

金星和水星，还有耀眼的大角星[1]，伴随着初升的太阳，渐渐隐没了。距离群星几百万千米的地球上，隐秘族中的两位，一位叫莫斯，另一位叫伯内特，正站在那里凝视着他们曾经生活过的花园。他们在这里住了那么久，而且是那么快乐。他们身后，站着他们亲爱的朋友，多默和索雷尔。一只调皮的欧椋鸟，名叫亮闪闪，正栖在围栏上，这次它破天荒地闭着嘴巴没有叫。这一刻对每个人而言，都具有

[1] 大角星是牧夫座中最亮的恒星，用肉眼看是橘黄色的。

重要的意义。

“这……就好像我们的树从来就没长在那里一样。”最后，伯内特小声说道。

“根本看不出这是以前的花园，”莫斯回应道，“瞧瞧那平整的绿草坪，上面连白蜡树的落叶都没有！”

伯内特用一只隐形的手紧紧捏了捏莫斯的手。“怎么样，亲爱的朋友？你还好吗？”

“你知道吗？我觉得，从某个角度来说，我感到有一点儿……轻松。这里完全就像是另一个花园，这样反而更简单了，至少我们不会看见自己的家被毁成稀巴烂的样子。”

“有道理。”

“树原来在哪儿？”索雷尔问。莫斯指了指花园的一角，蹦床的旁边。

“我记得这里还是一片原野时的样子。”伯内特若有所思地说。

“是啊，想想看，几百个布谷鸟夏天以前，我们刚搬到这里生活时，我们的白蜡树还是一排树篱中的一棵，”莫斯讲解道，“我们周围的原野上还散落着羊群，我很喜欢那些羊。”

“来吧，我们到处走走，看看周围的情况。”伯内特说完，就带领大家走进了一片乱糟糟的花圃。一切看上去那么熟悉又那么陌生。他们错过了植物们整整一季的生长，也错过了夏花们整整一个夏天的绽放。现在万物凋零，很难想象出这里鲜花盛开的样子，也不知道具体都有哪些花在这里生长——尤其是初霜过后，很多娇嫩的植物已被冻死，只剩下些枯萎的残枝败叶。不过，他们这一路走过的地方，泥土下都躺着成千上万粒微小的种子，还有数不清的沉睡的根须，只等来年春天，它们就将重获生机。

“不知道有没有哪位花园居民睡醒了，”伯内特说，“比如，乌鸫先生，或者家鼠阿须，家鼠家族都是在夜里忙碌，或许它还在四处溜达呢。”

“还有卡洛斯——它起得早。”莫斯说。之后，他向大家介绍了卡洛斯所在的翠绿色长尾鹦鹉演出团，它们刚到这里不久，却带来了不少欢乐。

“哦，是的，在我人类巢穴的住所附近也有一些小鹦鹉，事实上，它们很有可能是卡洛斯的亲戚！”多默说。

他们来到一片常绿的月桂灌木丛，莫斯和伯内特过去经常停在这里等待对方。亮闪闪扑棱着翅膀俯冲下来找他们，突然，它一口咬住一只破土而出的虫子。那只虫子真是倒霉，本来它只是想出来看看有没有湿润的树叶可以当早餐。

“早起的鸟儿有虫吃。”欧椋鸟开心地叫起来，紧接着，它又说道，“哦，难怪它钻了出来，看样子要下雨了，还真是。”

它说得没错，雨点已经开始淅淅沥沥地落下来了，而这种绵绵不绝的毛毛雨却可以让你浑身湿个透。小人儿们在灌木丛下挤作一团，没过多久，雨滴就从他们头顶的树叶上滑落下来，“啪嗒”“啪嗒”地打在身上，他们感到浑身又湿又冷。

“我们是不是该支起帐篷？”索雷尔发着抖说，“我觉得该休息一下了——我们已经走了整整一夜。”

伯内特从月桂丛中探出头，他看了看天，说道：“依我看，这种天气还会持续——天上一块蓝色都没有，而且没有风，乌云就不会被吹走。我觉得索雷尔说得对，我们只有等雨停了。”

“我有一个更好的主意，”亮闪闪说，“等我先去看一眼。”说完，它呼扇着翅膀飞过树篱，进了白蜡树路51号的花园。三十秒之后，它飞了回来，看上去得意扬扬。

“好了，我们到隔壁去吧——我已经为你们找了一个非常完美的睡觉的地方。如果让我说，有时候我真是一个天才，请允许我这样赞美自己。”

“隔壁？”莫斯说，“可——可这里才是我们的花园，不是隔壁那个。”

“我知道，头儿，可你真的想在一个雨中的花圃里露营吗？”

莫斯看了看多默，多默耸耸肩膀说：“也许它说得对，莫斯。再说了，难道你就不好奇，树篱那边是什么样？”

“我的确很好奇，”伯内特说，“白蜡树把树篱压倒的那天，我们真该过去侦察一下的，可那个时候我们都吓坏了，接着我们就忙着出发的事情了。可是，亮闪闪，现在树篱都已经修补好了，我们怎么才能到隔壁的花园去呢？”

“哦，这个简单，”索雷尔说，“瞧！那里长着一株植物，我们可以把它当作攀爬架。”

“以前那里可没有。”莫斯一脸狐疑地说。刚见到少了白蜡树的花园时所产生的震惊已经消退，现在，他们开始察觉到一些额外的小变化，这让他们感到非常新奇。

“我猜，人类是想让这个植物长大，然后把新修的栅栏遮住吧，”多默说道，“他们总是这样做。”

一小队人走到那株植物旁。这是一株铁线莲，今年早些时候开过大大的紫色花朵，可现在枝头上只剩下一些头部长着茸毛的花籽儿，上面还挂着晶莹剔透的雨珠。它的茎弯弯扭扭，被绑在与树篱固定在一起的木质爬藤花架上——这是双重保险。

亮闪闪飞到树篱顶端，向下张望着他们的进度。伯内特爬在最前面，他利用旁生的侧枝作为支撑，很轻松就攀上了铁线莲的茎。其他人则是先将自己的背包带勒紧，索雷尔还整理了一下他的青蛙皮连体衣，确保那个帽子不会像以前那样，时不时地挡住他的视线。

“顶上见！”伯内特在树篱中间喊道。

索雷尔紧随其后，他每走一步都要检查一下铁线莲的花架是否结实。接下来是莫斯和多默。无论是手扶还是脚踩，花架上的板条为他们提供了最有力的支撑。很快，四个人都坐到了树篱顶上，他们把双脚悬垂在隔壁花园那一侧，每个人的屁股都沾湿了。

“哇哦！”多默惊叹道。虽然他对人类的花园略知一二，可他还从来没见过这么有趣的花园。

“不错吧，是不是？”亮闪闪叽叽喳喳地说，它频频地上下点头，一副自鸣得意的样子。

“这简直太不可思议了！”索雷尔赞叹道，“你们不觉得这儿住的是发明家吗？一定是这样。”

隔壁的花园和他们长久以来居住的花园风格迥异。首先，这里没有草坪，远远看去，花园的尽头一定是一个会在夏天开满鲜花的地方。虽然现在看来，浓密的草叶都已经枯黄了，但那些花花草草结的籽儿还在那里。雨点噼里啪啦地砸在一个池塘里。这个池塘被草木环抱，各种植物枝枝蔓蔓、密密麻麻，造就了一个绝佳的藏身之处。花园里，为虫子们搭建的“酒店”随处可见，还有一处肥料堆，一个原木堆，一个吊着鸟食罐的小鸟餐桌，和一个用来收集雨水的大水桶。地上蜿蜒着妙趣横生的小径，供住在这里的人类漫步；还有一条条微型的小路，那是动物们留下的。这里仿佛是所有野外生灵最美好的家园。

“你们能想象出这里春天时会是什么样吗？”伯内特问大家，“我敢打赌，一定令人叹为观止！蜜蜂、蝴蝶四处飞舞，青蛙、蝾螈在池塘里游泳，毛毛虫可以让鸟宝宝吃个饱，成群的飞虫供空中居民尽情品尝，像家燕、毛脚燕、雨燕，还有蝙蝠……”

“哦，的确如此，你们真该看看，”亮闪闪赞同地说，“我的意思是，你还有莫斯真的应该看看，你们就住在隔壁。”

“要是库缪勒斯在就好了。”莫斯伤心地说。

“过不了多久，我们隐形的身体就会回来的，那个时候，我们就又能团聚了。”伯内特说道，听上去语气十分肯定，比其他人都要肯定，“库缪勒斯一定会爱上这个地方。”

“不管怎么样，重要的是，现在我给你们找到了睡觉的地方。快挑一挑吧！”亮闪闪用嘴向他们示意。

这时，他们看到了一些鸟巢箱，有的样子朴素，看起来十分坚固；有的尺寸很小，上面装饰着鲜艳的油漆点点。有些鸟巢箱门洞很小，有的门洞较大：一些门洞是敞开式的，一些是金字塔形的，还有一些是泪滴形的。这些鸟巢箱被固定在树篱上、简易棚上、树上或灌木丛上，有的甚至被固定在屋檐下。

“这可真是为我们大家准备的，可没有人会提醒你们，在困难的时候可以利用一下这些，”欧椋鸟解释道，“就我个人而言，我喜欢咱们脚下的那几个鸟巢箱，它们是为麻雀准备的，所以四个连在一起——以免它们感到孤单。”

莫斯、多默、伯内特和索雷尔都低下头看。在他们悬空的脚下，果然有四个固定在树篱上的鸟巢箱。伯内特立即跳到其中一个的屋顶上，然后使劲探头，小心翼翼地从屋顶边缘向里面张望。过了一会儿，箱子里传来闷闷的叫声：“这是我见过最好的地方了！这个箱子归我了！”听到这儿，其他人都纷纷效仿。

接下来的几分钟，白蜡树路51号树篱上的四个鸟巢箱里，传来一阵阵“砰砰”“咚咚”的声音，这是因为隐秘族的小人儿都搬进了各自的新家，他们在里面打扫收拾，好安顿下来。时不时地，一些鸟巢箱里的旧东西会从门洞里被扔出来，当死虱子被扔出来时，还会伴随着一声大叫“恶心！”，尤其是莫斯，他喜欢到处干干净净、整整齐齐的，所以，灰尘、小树枝、蛋壳碎片、旧羽毛等都从离房子最近的那个鸟巢箱里飞出来，飘到了地上。大家忙忙碌碌，吵吵嚷嚷，根本没人注意到亮闪闪发出的一声声格外响亮的警报，也没人注意到它从栖息的树篱上飞了下来。

相反，大家隔着木头墙兴高采烈地相互召唤着，描述着他们各自鸟巢箱里的环境，夸耀着哪一个最好——属伯内特叫得最欢。最后，当他们为了便于交流，纷纷从各自的门洞探出脑袋时，他们震惊地发现，一个人类小孩就站在他们的面前，双手插在粗布裤子的口袋里，皱着眉头……

13

第一次交谈

他们说，开口交流是件好事——
可并非人人乐意。

“哎呀，”萝说话了，用的是自然世界的隐语，说得同所有野外生灵一样自然，“你们不是麻雀，这些箱子是为它们准备的，这就是说，严格来讲……你们算非法入侵，这就是说，严格来讲……我应该去找爸爸，但我不会那样做的，因为‘自己活，也让别人活’，这个原则的意思是，如果别人没有伤害你，你就要宽以待人。严格来讲，我觉得你们没做坏事。我不去叫爸爸的另一个原因就是，我记得你，你是莫斯。你好！”

上回，萝跟他们说话的时候，莫斯就吓了一跳，害怕得不敢开口回答。那场暴风雨过后，他们白蜡树的家被毁于一旦，大家都蒙了，这时候，一个人类突然跟他们说着自然世界的隐语，这简直离奇得令人难以置信。可这段时间以来，他们琢磨着，甚至计划着和她再次相遇。不过，这次重逢来得比他们预想得更快。隐秘族深深知道，要是没有人类的协助，他们要帮助自然世界的想法将难以实现。所以，和萝成为朋友至关重要。如果他们的计划可行，那么，拯救库缪勒斯的钥匙就握在萝的手里——而对于莫斯来说，亲爱的老朋友库缪勒斯比什么都重要。

为了拯救库缪勒斯，莫斯鼓起了全部的勇气，这些勇气来自历险过程中的每一步，来自大大小小的每次挑战、每次挫折和每次胜利。他深深吸了一口气，做出了隐秘族在他们全部的悠长岁月中最重要的一次发言。他说：

“你好！”

“这么说，你会说话！那太好了。你们为什么要待在我的鸟巢箱里呢？”

“嗯，这个嘛，就是……”莫斯结结巴巴地说。

“怎么啦？”

“亮闪闪说我们可以待在这里，而且……”

“谁是亮闪闪？”

“一只鸟，嗯，一只欧椋鸟。”

“我是看见一只欧椋鸟老是出现在我的花园里，不过我不知道它还有个名字。那么，是不是所有的鸟和其他动物们都有名字呢？”

“嗯——”莫斯被这个问题问住了。

“那人类呢？”索雷尔插话道。

“当然，我们都有名字！”

“那我们也是！”

“那么……你们都叫什么名字？”萝问大家，“我的意思是，我知道你叫莫斯，而且那不是缩写。那其他人呢？”

“伯内特。”伯内特响亮而又坚定地说出自己的名字，这种语气会显得说话的人很勇敢。

“我叫索雷尔。”索雷尔说。

“多……多默，”从这排最后一个箱子里传来颤抖的声音，“你……你……你好。”

“很高兴认识你们。我叫萝，这里是我的花园，如果你们愿意，可以住在这里。我已经决定了，没问题。”

“十分感谢。”莫斯说，其他人也纷纷表示了谢意。令人诧异的是，他们都那么勇敢——至少现在如此，没人尖叫或晕倒。当然，他们也迫不及待地等萝走后再好好谈论一下这件事。这一刻在他们的生命中具有非凡的意义，这是人类和隐秘族关系的历史性转折点，两个物种都应该永永远远铭记这一刻——谁知道呢？或许这一刻将会改变世界。

“那么……你怎么会说自然世界的隐语呢？”莫斯好奇地问。

“什么语？”

“自然世界的隐语——就是动物的语言。”

“哦！我也不知道。我就是……自然而然说出来的，我以为我就是在正常说话。”

“是很自然！我的意思是，我们觉得你说得很自然。那你有没有跟其他的花园居民说过话呢？”

“没有，”萝伤心地说，“它们从来不靠近我，好像都很怕我，我也不知道为什么。其实，我是个很善良的人，你们可以问问真正了解我的人，或者，如果你们愿意，也可以问问我爸爸。”

“还有……你是唯一的一个吗？”

“唯一的一个什么？”

“你们人类当中……唯一一个会说自然世界隐语的人？”

“哦！那我真的不知道。我希望是——那就太妙了。我想玛娅和本肯定不会说，他们就住在隔壁。那你们是什么呢？”

“请再说一遍？”莫斯说。他发现自己有些没跟上她的节奏。

“就好比有鸟、哺乳动物、爬行动物、两栖动物、昆虫、甲壳动物，还有鱼，你们是哪一类？”

“哦，我明白了！嗯，我们是隐秘族。我们从远古时代起就生活在这个世界上了，可你们人类却很少看到我们——而且，你们也不相信我们真的存在。”

“我相信！”萝说，“我看得见你们，这是其中一个原因。况且，这也合情合理。”

“这是什么意思？”

萝耸耸肩说：“有那么多关于仙子、矮人还有小精灵的故事，我知道它们不全是真的，可是……我总觉得这些故事的存在一定是有原因的，即使你们已经不再出现了，又或是，你们在很久以前就已经消失了。”

“关于这件事……”莫斯在脑海里飞快地想：有没有一种最好的方式可以给她解释一下他们的故事呢——就在这时，房子里传来一声叫唤。当然，隐秘族都听不懂，但萝可以，她用人类的语言回应后，对他们说：“抱歉，隐秘族，我得走了，爸爸做好了早饭，吃完早饭后我们要去拜访姨妈——现在正是期中假期，你们明白了吗？不过，我明天早上就会来看你们的，好吗？再见了！”

说完，她便跑开，进了房子里。

几个小人儿的头顶上，当即传来刺耳的声音，是亮闪闪降落到了树篱上，它的嘴里发出一连串“咔嗒咔嗒”声、口哨声、连珠炮似的“哔哔哔哔”声，还夹杂着无法翻译的鸟类咒骂，不过，最后都汇成一句气急败坏的反问：“你们这些人到底是怎么想的——跟一个彻头彻尾不折不扣的人类像那样说话？”

“听我说，我们这样在各自的箱子里，根本无法好好说话。”伯内特说道，“大家都有一根钓鱼线，对吗？好，现在把它打个结系在箱口那儿，利用绳子降落到地面，然后我们再好好谈谈。”

过了一会儿，四个隐秘族的小人儿便降落到一片潮湿的、乱糟糟的灌木丛中。亮闪闪也来了，它浑身的羽毛都竖了起来，一副惊恐万分的模样。

“现在听我说，亮闪闪，我知道你要说什么，”莫斯说道，“可你知道吗？如果我们想要继续留在自然世界中，就不能仅仅去捡捡垃圾那么简单了。罗宾·古德菲洛的第二个预言就是，有一天人类会成为我们的朋友——你不记得库缪勒斯说的话了吗？况且，萝是个会说自然世界隐语的人类，而且她似乎很善良。如果我们现在的职责是拯救自然世界，那她就是那个可以帮助我们的人类。她可能会是我们的第一个人类朋友。”

“朋友？”亮闪闪咕哝道，“我的潘神，你是在和我开玩笑吧?! ”

“我们造不出鸟巢箱，对吗？”莫斯继续说，“也挖不出池塘，更无法阻止人类伤害蜜蜂和蝴蝶赖以生存的花朵。可是，如果我们知道住在隔壁的花园居民们需要什么，萝就可以告诉住在那里的人类，那他们就会照做。”

“他们为什么会照做呢？”亮闪闪说，“我的意思是，那些人类。”

“这个……当然会乐于帮忙了！”莫斯回答，“人人都乐于帮忙，不是吗？”

“绝对坦诚地说，那可不一定，头儿。而且，话说回来，他们为什么会听她的话呢？她只不过是一个孩子。”

有时候，当一个计划在你的脑海里酝酿了好久，似乎完美无缺，可当你把它告诉别人时，它却像被戳了一针的气球，一下子就瘪了。亮闪闪的回答就让莫斯有这样的感觉：泄气了。

“那你有别的办法吗，亮闪闪？”多默插话道，“就……就全靠我们自己，怎么样才能让隔壁的花园变得更好呢？去撒一些野花的种子？手动给花朵授粉？帮助切叶蜂找到蜂巢？依我看，如果我们真的想让潘神看到我们还是有用的，值得继续留在自然世界中，这些似乎还不够。”

“听着，”亮闪闪有些不耐烦地说，“我知道，你们这些人成天净会胡思乱想，满脑子都是找工作之类的事情，像我们这样得过且过，对你们来说远不够好。你们觉得，只要自己有用就能摆脱消失的命运，可事实却是——我们全都在消失，或者说，我们中的大多数终归都要消失。大家都心知肚明，我们欧椋鸟就在消失。过去，一到秋冬季节，我们欧椋鸟在天上是黑压压的一片，可现在呢，你几乎看不到六只以上的欧椋鸟在一起飞。麻雀呢，也是同样的命运。锹甲虫、蝴蝶也是一样。告诉我，你们最后一次见到刺猬是什么时候？你们一族并不是个例，我们全部都在消失，而这一切，任何野外生灵都无能为力。”

所有人面面相觑，惊讶不已——连亮闪闪自己也呆住了。这些令人痛苦的想法在它的心中已经藏了许久，它从没打算就这样大声地说出来。

“听我说，我很抱歉，”欧椋鸟垂下它油亮亮的脑袋，声音嘶哑地说，“我也不想让你们泄气，你们知道的，我爱库缪勒斯，他就像我的兄弟。这么长时间以来，我一直守护着你们，可你们就这样暴露在人类面前，现在还想着信任他们，把我们的秘密和问题全都告诉他们——而这些事情，我们原本一直都不想让人类知道，也不想让人类看见！你们怎么知道这样不会让事情变得更糟呢？”

“我——我不知道，老实说，”莫斯吞吞吐吐地说，“可我们需要人类帮助我们把事情做好，而且萝和她的爸爸已经在他们的花园里做了些很好的事情。我想，我们应该相信他们。”

“我绝对不会跟她的爸爸或是任何成年人类说话，”亮闪闪左右摇晃着嘴巴，“这是不能跨越的红线，绝对不可能，绝不可能发生，不可能。”

“我有一个主意，”多默说，“我们制定一条规则怎么样？成年人类不能看见我们，也不能跟我们说话——只有小孩子可以。我跟人类共同居住了很长一段时间，我可以向你们保证，有的小孩子是很可爱的，当然不是所有的，但有些是。”

“可是，你怎么知道哪些孩子可以信任，哪些不可以？”亮闪闪问。

“这个我们不知道，不过萝可能会知道，”伯内特说，“别担心了，亮闪闪，应该没问题。”

尽管有伯内特的支持，可莫斯还是开始对他们的计划产生了疑虑。“这一切来得太突然了，是不是？没想到我们这么快就和萝相遇了，我忘了亮闪闪还不知道计划的这个部分。如今，我也拿不准了。”

“我想起来了，我们有很多谈话是发生在室内的，在麦克和米恩家。”索雷尔说。

“好吧，亮闪闪，现在你都知道了……那你是不是觉得这个计划很糟糕呢？”莫斯问。

“欧椋鸟和人类互相厌恶，”亮闪闪说道，“他们一直憎恶我们，只有潘神知道这是为什么，所以我不信任他们。这就是我的观点——并且我认为，不止我一个会这么说。”

“我在想，”莫斯说，“我们召集所有的花园居民过来怎么样？”

“噢，就像一场聚会？”伯内特说。

“不……不完全是，”莫斯说，“更像是一个会议。乌鸫鲍勃和萝贝塔，长尾鹦鹉卡洛斯以及它的演出团，家鼠阿须和它的太太奥利维亚，还有所有的蛾子、甲虫、麻雀、田鼠、蜘蛛、蟾蜍、水游蛇——全体，我们把它们都召集到一个地方，这样我们就能一起做个决定。跟人类孩子分享我们的问题可是个重大的决定，我们不能擅自做主。”

14

召开大会

重要的事情由投票决定。

亮闪闪被分配了一个任务：通知大家关于召开全体动物大会的消息——不仅仅限于白蜡树路51号和52号的花园居民，而是整个街区。计划是每种动物选派不超过两名代表，这样那些体形庞大的种群就不会占据整个会场，比如蠼螋[1]；至于用什么方法选出代表来，亮闪闪非常明智地决定不去参与，只是告诉大家参会的消息。

“那夏候鸟怎么办呢？”莫斯问，“它们都迁徙

[1] 蠼螋（qú sōu）是一种体形狭长的褐色昆虫，尾部有一对钳状或镊状的尾铗。

到更温暖的地方去了，另外，蚂蚱和蝴蝶怎么办？一年中的这个时候，它们要么还是卵，要么就是蛹——要等到明年春天才会孵化出来。”

“听我说，一切不可能完美无缺，”多默理性地说道，“就目前来看，我们只能这样了。我们不能替所有人做决定，只需要确保尽可能多的动物来参会就行。”

“多默说得对，”索雷尔说，“不过首先，我得睡个小觉，你们呢？我已经精疲力竭了。我们顺着绳子爬到各自的鸟巢箱里，舒舒服服地睡一会儿吧。”

到了下午茶时间，乌云都散了。伯内特第一个起来，他和索雷尔一起回到隔壁的花园里，把好几个月以前他们埋在地里的存货都挖了出来，然后，他们都换上暖和的冬装，吃了一顿橡果面包和坚果黄油大餐。这些东西只要保存得当，都可以储存很长时间。

一轮没有散发什么热量的红日从西边沉了下去，房子里的灯光一盏盏地亮了起来。隐秘族聚在花园的那块野花圃里，看着最后一缕阳光慢慢消失，感受到空气中多了一丝寒意。多默提议生一堆篝火，可伯内特说这不是一个好主意，因为周围都是枯草，虽然早上刚下过雨，地上还很潮湿。

“我在想，”莫斯瑟瑟发抖地说，“我们是不是该用一个长觉挨过这个冬天，就像我们以前那样？”

“这是个好问题，”伯内特说，“我好奇的是，如果我们不去冬眠会怎样？我的意思是，我们不能在拯救自然世界的过程中，就这样中途休息三个月啊，对吗？”

“你们知道吗？我一直都想知道一年中最寒冷的时候到底是什么样。”索雷尔若有所思地说。

“要是真的很可怕怎么办？”莫斯说，“我们总是在这个时候冬眠，一定是有道理的。要是冬天真会发生什么可怕的事情而我们却一无所知可怎么办？”

“也许，冬眠只是一个传统呢？”伯内特说，“传统固然很好，但也可以有所改变。”

多默本来想告诉他们，霍比人从来不冬眠，因为他们都住在室内，所以没必要冬眠，可就在此时，一只皮肤光滑的金棕色青蛙从草丛中跳了出来，“噢！”它说，“我是第一个吗？我讨厌做聚会里第一个到的。不过，我听说这里会有零食。”

“你好！”伯内特说，“抱歉——没有零食。你是独自来的吗？”

“我找不到其他同伴了——我想，它们早早就去冬眠了，那些懒惰的某某蛙。我叫科拉，你是谁？”

“我叫伯内特，我们是隐秘族。这位是莫斯，还有……”

正当伯内特要继续介绍时，更多的动物接踵而至。首先到来的是乌鸫鲍勃和萝贝塔，它们再次见到莫斯和伯内特，激动极了；接着，整个家鼠家族都来了，一共七只，因为它们总是一起行动，无法分开；斑尾林鸽来了两只，一只是城市鸽子，另一只是它们的亲戚，一只腼腆的和平鸽；一对年轻的狐狸夫妇，它们居然是维斯珀的远房亲戚；翠绿色的长尾鹦鹉卡洛斯和朱亚妮塔；四只好奇的田鼠（两只生活在河岸，两只生活在田野）；还有三只好动的鼩鼱（两只是普通鼩鼱，一只是姬鼩鼱[1]）；几条脾气暴躁的蚯蚓，它们仍然对伯内特的失约耿耿于怀；苍头燕雀斯平克和它的伙伴巴夫；一对蛇蜥[2]；灰松鼠一家；水游蛇斯文，它碰巧就在附近，还没有进入冬眠；麻

[1] 姬鼩鼱（qú jīng）是体形最小的一种鼩鼱。

[2] 蛇蜥是一种没有四肢，外形像蛇的穴居蜥蜴。

雀一族的女族长丝普吉和男族长菲普；各种蛞蝓[1]、蜗牛、蜈蚣、蚂蚁、蜘蛛以及其他小型动物。一棵树上倒挂着伏翼皮普和斯奎克，另一棵树上栖着几只喜鹊，还有一只雄雀鹰[2]和一只雌雀鹰，它们想尽量不让其他小鸟感到紧张，可却没什么用。最后一刻，亮闪闪飞来了，它落在树篱围栏上，站在了卡洛斯和朱亚妮塔旁边。

“那么，好吧，”伯内特最年长，所以他觉得自己有义务做个开场白，“我们今天聚在一起，是要讨论一个名字叫作萝的人类孩子，以及——”

“你为什么不是……嗯……全身都在？”后面传来一个低沉的声音。

“是啊，我也想问这个问题。”有人喊道。

“哦，嗯——这个嘛，说来话长……”

“那就快点儿说。”第一个声音又说道。原来是一只斑尾林鸽。

“真的没有零食吗？”科拉问。接着，各种动物都打开了话匣子。

---

[1] 蛞蝓（kuò yú），俗称鼻涕虫，外表湿润，看起来像没壳的蜗牛。

[2] 雀鹰是一种体形较小的鹰，雌鸟比雄鸟稍大，以小鸟、鼠类等为食。

伯内特感到场面马上就要失控了，他有点儿焦急，看了莫斯一眼。

“说点儿什么！”多默一边鼓励地用胳膊肘轻轻碰了碰莫斯，一边对他耳语道，“你口才好，而且来的大多数动物你都认识，你可以的。”

虽然感到紧张，但莫斯还是坚定地站起来，走到了参会的动物们面前。

“感谢大家来到这里，老朋友们、新朋友们！你们真是太好了，能在百忙之中来到此地，我们不胜荣幸。”莫斯开口说道，“今天请大家过来，是因为——嗯，我们需要你们的帮助。”

动物们都不说话了，它们听得出来，莫斯有重要的事情要说，而且，被感谢的感觉很温暖。这些动物中，有的走了很远的路来到这里；有的还冒着巨大的危险，比如过马路；更有甚者，还要跟通常会吃掉它们的天敌距离这么近，要不是来开会，它们是不会愿意这么做的。

“我们是隐秘族，”莫斯继续说道，“很久很久以前，我们的工作就是照管整个自然世界。你们中有的认识我和伯内特，我们以前就住在隔壁；有的可能从老的故事或传说里听说过我们；不过，你们中还有很多是第一次见到我们，因为这么多年来，我们的数量越来越少——就和你们遇到的情况一样。

“我们这个族群似乎已经不再被需要了，所以我们正渐渐地从自然世界中消失——正如伯内特和索雷尔身上发生的状况那样，过不了多久，我和多默的身体也会出现同样的状况。很快，我们将无人幸存，就像恐龙或是大型铜色蝶那样，再也、再也不存在了。

“不过，有一个办法可以阻止这种情况发生，而且不仅会帮助我们——也会帮助到在座的各位。我们相信，如果我们能有益于自然世界，潘神就不会让我们消失了——那样的话，我们亲爱的朋友库缪勒斯也许就会回来。现在，你们也许不会相信这些，不过那座房子里有一个人类小孩，她会说我们的语言，这也是我们又回到白蜡树路的原因。我相信她，而且我认为，我们应该请她帮忙来拯救自然世界。不过，这需要你们大家都同意。”

“让人类来帮助我们？”树上的雄雀鹰发出一阵刺耳的机关枪似的声音，“看在潘神的分上，你们到底在说些什么？”

“人类已经在帮助我们了！”莫斯说，“看看这个花园吧，这里住的动物就比其他花园多得多，不是吗？”

“比如……住在我们的箱子里的？”麻雀丝普吉叽叽喳喳地叫道。莫斯看上去有些尴尬，丝普吉继续说了下去，不过语气更为友好：“没关系的，我们现在都在常春藤里过夜。”

“在这个花园的确可以吃到更多的昆虫。”伏翼斯奎克说。

“不得不承认，我很喜欢那个池塘，”科拉深情地说，“我在那里面养过很多蝌蚪。”

“一定汁（滋）味不啜（错）！”斯文暗自说。

“是啊，想象一下，如果隔壁的花园，也就是我们以前住的地方，也像这个花园一样，对野外生灵那么友好，”莫斯说，“还有隔壁的隔壁，隔壁的隔壁的隔壁的花园，想想看，可能还会变得更好！说说，你们最想要的是什么？”

“要不限量供应的虫子！”鲍勃喳喳叫道。

“知道吗？我们都听得见，”一只虫子嘟囔道，“太粗鲁了！”

“要乌鸫少一些！”另一只虫子激动地大喊。

“要田鼠多一些！”一只狐狸喊。

“不要狐狸！”一只田鼠尖叫道。

“我看事情越来越复杂了。”索雷尔嘟哝着。

“也许我不该问那个问题。”莫斯不得不承认。

“让我们缓一缓，一次只谈一件事。”多默说道，他看得出来，莫斯开始有些焦虑不安了，“当前，我们只需要知道一件事，就是你们，花园居民，是否愿意信任我们，让我们当你们的代表。其余的事情，我们以后再解决。我们隐秘族曾照管过各种重要的地方，我们知道该怎么做，我们也能教会人类该怎么做。现在，我们先来决定一下，是否可以信任萝，然后再说别的。”

“我认为这样很明智，”伯内特说，“我们来投票怎么样？赞成我们跟人类交谈的站在这一边，认为我们不应该和他们掺和在一起的站在那一边，如何？”

“哪边？”卡洛斯用粗粗的声音问。

“噗，伯内特，你没有胳膊。”索雷尔低声道。

“哦！抱歉。借我一只手，好吗，索雷尔？最好是能看得见的那只。”

索雷尔和伯内特合作，终于向聚集的动物们指明了哪边是“赞同”方，哪边是“反对”方。接着就爆发了一场混乱：动物们有的跑步，有的贴地爬行，有的振翅飞行，有的蹦蹦跳跳，往指定的位置移动着。在“赞同”那一边，一只没人认识的鼹鼠从地里钻了出来，身旁立马出现了一个小土堆。

站队结束，一目了然，赞同跟萝说话的比反对的要多。莫斯和多默拥抱在了一起，伯内特则走去跟乌鸫鲍勃和萝贝塔聊天，而索雷尔却瞥见，在“反对”一方的阴影处，亮闪闪的身后，站着一个身穿黑衣，双臂交叉抱在胸前的小人儿。

15

一颗受伤的心

不是所有的伤口都能
轻易愈合。

确认大会真的不提供零食后，大家很快就散了。昼行性动物不喜欢天黑后还在外面，而夜行性动物则要去找食物了，并且它们还有其他事情要做。况且，在这样一个特殊的有关公共事务的场合中，虽然大家都心照不宣地达成了休战协定，可跟自己平日里的天敌（或猎物）待在一起，许多动物还是感觉极不舒服。

与会者纷纷消失在十月寒冷的夜色中，一轮朗月照亮了它们的路。野花区乱蓬蓬的枯草和花籽儿中间，只有一个影子一动没动——是那个黑衣小人儿。

慢慢地，四周沉寂下来。

“你们刚刚开了一个小会，对吗？”那个人影终于开口道。

没人吱声。

“我猜，是邀请一位你们的同类太麻烦了？”

“哦，我……我们十分抱歉……”莫斯说。

“我不介意被漏掉，莫斯，我都习惯了。我就过来告诉你们一声，你们要做的这件事毫无意义。”

“你怎么知道我的名字？”莫斯问。这时，伯内特向前一步，问道：“你是谁？”

“那你一定是伯内特了，你们俩以前住在那棵白蜡树里，就是那排漂亮的树篱中，存活下来的最后一棵。后来，库缪勒斯来了，你们三个一起生活得很快乐。可如今，你们无家可归，你们的老朋友可能已经死了，所以你们很难过。不过，你们竟然觉得自己可以拯救这个世界，让一切都好起来。唉，你们做不到的。”

莫斯已经气得浑身发抖了。多默伸出一只胳膊搂住了他。

“嘿嘿！”亮闪闪怒气冲冲，正要竖起浑身的羽毛，伯内特伸出一只看不见的手压在了它的翅膀上。

“你叫什么名字？我觉得我认识你。”

“我叫米希尔——你的确认识我，或者，至少可以说，你应该认识我。”

“米希尔……”伯内特一边说，一边努力回忆，“是什么时候……？”

“哦，是在五六百个布谷鸟夏天以前？最近的这一百个布谷鸟夏天里，我们一直是邻居，只不过你一直都不理我。”

“我没有啊，我发誓！”伯内特说，“我在想……你是不是照管过一棵特别古老的树——我指的是，相当相当古老的一棵树，好像有几千个布谷鸟夏天那么老？我说得对吗？”

米希尔的脸上突然露出一丝痛苦的表情。“是一棵紫杉，最老的一棵。一个古老的生命体，这个世界真正的见证者。”

“哦，对不起，十分抱歉，”莫斯同情地说，“我猜，是人类把它砍了，对吗？哦，我们完全了解你的感受。”

“不，你们不了解！”米希尔咆哮着，他猛地转过身，用愤怒的目光直视着莫斯，“你们谁都不了解！你们一无所知。”

米希尔如此愤怒，这样的冲突让大家都感到害怕。不过，所有人都看得出来，他的怒气来自于他的痛苦与悲伤——而且，这个陌生人来到这里，一定是因为某件重要的事情，某件不为大家所知的事情。莫斯退后一步，再次握住多默的手，大家都等着看接下来会发生什么。

“我的紫杉长在一个山坡上，离你的地盘不远，伯内特——就是你的欧洲椴树林。我记得，树林被砍伐后，你就走了，之后我又继续在那里生活了很长时间。那棵紫杉非常古老，连最古老的橡树在它面前都只是个婴儿。远古的宝贵智慧与知识都深深地刻在它的树心里。我一直以为，自然世界发生的变化不会影响到我，可后来，后来……”

黑衣之下，米希尔的身体随着他的抽泣猛烈地抖动着，可没人敢走上前去安慰他。

“那天，我出去觅食，就在我出门的这段时间，同族的两个小人儿发现了我的家，然后他们……他们就搬了进来，连招呼都不打！他们失去了自己的属地，在自然世界中游荡，当时像这样的情况有很多，可他们……他们却不让我回家！他们驱赶我，还朝我扔石头，他们说……从此那棵树是他们的了……”

米希尔瘫坐在地上，双手抱头，号啕大哭起来，仿佛这件悲惨的事是昨天刚发生似的——如果某件伤心的往事是你从来没有给别人讲述过的，那就会是现在这个样子。如果某些情绪没有机会被宣泄，它就会变得令人无法承受。只有当你大声说出来，而且有人愿意倾听，它才会得以化解；否则，它就会永远保持新鲜。

米希尔啜泣着，莫斯、伯内特还有其他人则面面相觑，大为震惊。隐秘族中居然还有霸占别人属地的人，这太可恶了，这完全有悖于他们对自己族群的认知，简直令人难以置信。

“这还不是最糟糕的，”过了一会儿，米希尔哽咽地说，“最糟糕的是……他们还点了一把火，然后……然后……”

“你的紫杉就被烧掉了，”伯内特低声道，“愿潘神原谅他们。我很难过，米希尔，我并不知道这些。”

米希尔重新站起来，抽抽搭搭地深吸了一口气。“话说回来，我到这儿来不是跟你们说这些的。我来是要告诉你们，别忘了罗宾·古德菲洛的歌谣——你们知道的，那首‘白蜡树、橡树还有荆棘丛’？”

“白蜡树、橡树还有荆棘丛，出现在地球的曙光中……”莫斯开始唱道。

“花楸树和紫杉，会将这世界变得不同。”米希尔接着唱道，“现在不行了，因为它没了——我的意思是，我的紫杉没了，所以你们做的事情已经没有意义了，毫无意义。”

亮闪闪跟大家道别后，飞到一丛灌木中栖息去了。草丛中的其他人则请米希尔继续讲他的故事。月光洒在这位新来者身上，令他那身用黑色垃圾袋做的裁剪整齐的装束闪闪发亮。虽然并没有事先商量，但大家都认为，应该对米希尔表现出善意，以此来证明大部分隐秘族的人还是值得做朋友的。

不过，米希尔显然不是特别喜欢他们，或者说，不是很信任他们。这也可以理解。他时不时地会说一句“我该走了”，这时，莫斯就会说“还不急！”，又或是，索雷尔会立刻问他另一个问题。伯内特最积极，他想证明他们并不是故意不去理睬米希尔的，谁知道他从学校建立之初就住在那里，住在白蜡树路的另一头呢。

“老实说，我真不敢相信你们不知道我住在那里，”米希尔将双手交叉在胸前说道，“我的意思是，我知道你们就住在附近——我记得最早是一个花园居民提到的，不管怎么说，有几次我出门探险还看到你们三个了，就在你们的花园里。在我看来，很明显，是你们不想交朋友。你们肯定从没有来过我这边。”

“问题就是，”伯内特说，“我们都有点儿……墨守成规，你明白吗？这么久了，我们从未离开过那个花园——或者说，从花园还是牧羊的草场开始，我们就不曾离开过。说实话，我们非常乐意知道我们还有个邻居。莫斯，你说对吗？”

“哦，是的！”莫斯说，“我们踏上旅途的其中一个原因，就是去寻找更多的同类。谁能想到你一直都在附近！”

多默说话了。“我可不可以问一下……希望没有冒犯到你，你是……准确地说，你是一个霍比人吗？”

“哦，你对这些胡说八道很感兴趣，是吗？”米希尔毫不客气地说。多默大吃一惊。

“胡说八道？”

“关于隐秘族分为不同的类别，那些话都是胡说八道——你们还没搞明白吗？我们都是一样的，无论是住在室内还是室外，不管我们叫什么——霍比人，隐秘族，或是小矮人，如果非得有一个名字的话……但我们都是一样的。我们必须要彼此守护，一直都是这样，并且永远会是这样。”

“哦！”多默说。

“我也有一个问题，”索雷尔说，“我注意到，你看见我和伯内特的身体都消失了一部分，可你并没有感到惊讶。希望你不介意我问一下，你……有没有也在消失？”

米希尔的上衣外套上系着三粒棒形纽扣，是用蒲公英的种子做的。他解开纽扣，大家看到里面并不是胸膛，而是空空如也——他们可以透过他的身体，直接看到外套的背面。

“是从我的心脏附近开始的，然后慢慢扩大，曾经我几乎完全消失了——只有脸、手指和脚趾还在。不过后来，我又渐渐回来了。”

“回来了？真的吗？”莫斯倒抽了一口气。

“什么？怎么会？”伯内特说。

“是的，这太奇怪了。当然，我也松了一口气——当我的身体几乎不剩下什么的时候，我开始感觉……不是疲劳，而是仿佛自己已经不存在了。不过，我还是希望我的整个身体都回来。我讨厌自己不完整，很讨厌。”

“可这改变了一切！”索雷尔兴奋地说，“让我们一起琢磨琢磨，是什么原因导致了这个结果——因为你回来一定是因为什么，哪怕只有一部分身体回来了。在透明的身体又重新可以被看见的那段时间里，到底发生了什么？”

“嗯，让我想想……那是在我搬到人类孩子天天去的地方后不久，不是搬的那一天，而是大约在那个时间段。”

“太有意思了。那你有没有碰巧吃了什么新奇的食物，或是喝了什么神秘的药水……？”

“我想不会，我不喜欢新口味。”

“好吧，如果没有别的，那就证明消失的症状可以逆转，虽然我们现在还不知道怎么做——这一切简直太不可思议了！”索雷尔说道，“米希尔，你说我们的努力不会有意义，我可不同意。这个消息太令人振奋了，让我们看到了希望。”

多默一直坐在一旁默默地倾听，这时他开口了。

“那首歌谣——你知道的，关于白蜡树、橡树和荆棘丛，还有花楸树和紫杉的歌谣，是罗宾·古德菲洛编的，对吗？”

“哦，是的，”米希尔说，“那是很久很久以前了。”

“你知道吗？我记得老多德尔也唱过，”伯内特说，“富丽溪也非常古老，当然，虽然不像你的紫杉那么老，但也是一个十分特别的地方。”

“那首歌谣不仅仅是一段古老的旋律，”米希尔继续说道，“那还是一个预言，是关于这个世界可以怎样重建的线索，就是要在一棵花楸树和一棵紫杉的帮助下——显而易见，是我的紫杉，因为它是最古老的。可是，它没了。”

“我敢说，这个地区一定还有花楸树，”多默若有所思地说，“人类巢穴里适宜栽这种树，它不太大，秋天还会有漂亮的浆果。不管人类知不知道它们的特殊力量，都很喜欢到处栽种这种树。”

“我敢说，我能在某个地方再找到一棵紫杉，”伯内特说，“大家觉得呢？如果米希尔说得对，那首歌谣是罗宾·古德菲洛留下的线索，那我们至少要努力找到那些神奇的树——谁知道接下来会有什么奇迹发生呢？”

在一条叫作白蜡树路的街上，有一个可爱的、枝蔓缠绕的花园，花园的树篱上固定着一个个温暖舒适的鸟巢箱。黑暗中，莫斯在其中一个鸟巢箱里醒来，隔壁箱子里传来阵阵呼噜声，其他两个箱子里一点儿

动静也没有。现在是距黎明最近的时刻，鸟巢箱外，今年的第二场霜正给沉睡中的花园涂上一层银色。

尽管米希尔带来了令人震惊的消息：消失可以逆转，但莫斯还是觉得一切来得太快，他有些无所适从。突然间，伯内特就说要去寻找那些树，仅仅因为一首古老的歌谣！当然，作为一个爱好故事和传说的人，莫斯不会嘲笑他们，也不会认为他们很愚蠢——只不过，他觉得这不是最正确的做法。

“我保证，不用太长时间就能找到，”伯内特曾表态说，“而且也不会耽误什么——你们可以继续按原计划进行，跟萝谈谈帮助自然世界的事，对吗？反正你们也不需要我在场。”

可后来，在跟米希尔更深入地交谈之后，伯内特决定加上亮闪闪——“它会飞，莫斯，而且，反正它也不在和人类有关的计划里”——他甚至还要叫上多默，因为他可以帮忙找到人类种花楸树的地方！莫斯看着多默，愁眉苦脸，不过多默的微笑让他打消了顾虑。“伯内特，我想没有我，你也可以做到。我打算跟莫斯在一起。”多默说道。而索雷尔，则决定独自去建一所新房子，这样，麻雀一族就可以回到原本属于它们的家了。这一切真是让人感到奇怪又难过，他们经历了那么多困难终于回到了家，不知怎么的，四个人仿佛又要分开了。

不过，你不能强迫你的朋友按你的想法去做事，况且有的时候，通过各种不同的方法也可以达到同样的目标。今天早上，萝就会过来找他们，那个时候莫斯就会请她帮忙。或许，她能够想出改造隔壁花园的办法，让那里变得更加适宜野外生灵居住。她可以跟住在隔壁的孩子们谈谈，也许他们也会开始喂鸟，或者，也挖一个池塘，那样的话，隐秘族拯救自然世界的新工作就正式启动了。一次改造一个花园，应该不难吧？

16

怎么看不见呢？

莫斯和多默变
透明了吗？

第二天一大早，大家都利用绳子降落到花园地面。莫斯为大家准备了美味的早餐：热的榛果粥，每一碗上都点缀着一颗小小的、有光泽的黑莓果粒。亮闪闪飞来后，伯内特把他们前一天晚上讨论出的结果向它一一说明，它同意帮忙，表示可以在当地的街道和公园里找一找花楸树和紫杉。

伯内特和亮闪闪出发了，他们一边走一边热烈地讨论着在哪条街最有可能找到，太阳又是从哪个方向升起来，等等。他们走后没多久，索雷尔也离开了，他要在花园里四处转转，找一个最佳地点来建造一座超级现代的房子，他说：“虽然我是一个优秀的发明家，可你们懂的，位置决定一切。”

这下就只剩下莫斯和多默等着萝来看他们了，她说了，一定会来。

“你觉得，她会发现我们到下面来了吗？”多默问。为了安全，他们俩把做饭用的一小堆火扑灭，然后用融化的霜洗净了锡质的锅。

“从现在开始，她随时都有可能过来查看那些鸟巢箱，到时候我们就大声叫她。”莫斯说。

“或者，我可以吹我的笛子。”

“或者，你可以吹你的笛子。”

他们等啊……等啊……等。苍头燕雀斯平克过来打了个招呼，然后又扑棱着翅膀飞走了。黎明时分的天空中，一群粉雁慢悠悠地飞了过去，队形零零散散、稀稀拉拉，它们飞得很高，所以从地面上看很小很小。最后一批树叶从树枝上飘然而下，落到地上。太阳逐渐升起，阳光所到之处，白霜渐渐融化，但背阴处仍是一片银白。

“也许她忘了，”过了一会儿，多默说道，“或者……她昨天晚上在她姨妈家过夜了。”

“她会来的，”莫斯说，“我相信她。别忘了，人类可比动物起得晚得多得多。”

就在这时，他们听到房屋后门打开又合上的声音，然后就是一阵咚咚的跑步声。

“我们在这儿！”莫斯大喊，他站起身，挥舞着双臂。这时，多默吹了一下他的那根白色塑料管，“嘀”的一声，异常响亮。像这样故意去吸引一个人类的注意，感觉太奇怪了，他们的心怦怦直跳。只看见，两只穿着运动鞋的大脚径直向他们走来，然后，一对包裹着牛仔布的膝盖降落到地面上，接着，一张在鬈发映衬下的开心的深褐色脸庞，出现在他们头顶上方。

“你们好，小小人儿！”

“你好，人类小孩！”莫斯和多默异口同声。他们就那样微笑着看着对方，过了好长时间。三个人都感觉异常美好，这一刻他们永远不会忘怀。

“你们觉得鸟巢箱里暖和吗？”萝问，“昨天夜里好像下了很大的霜。”

“暖和，谢谢你——不过，我们很快就要搬出去了，这样麻雀们就能回来住了，”莫斯回答道，“索雷尔打算给我们造一个新房子，就在你的花园里。你介意吗？”

“那太棒了！在哪里？”

“我们现在还不确定，等定下来我们会让你知道的。”

“伯内特干什么去了？”

“他去找树了，和亮闪闪一起——也就是我们的欧椋鸟朋友。”

“是的，米希尔跟他们说了该去哪儿找。”多默补充道。

“谁是米希尔，一只画眉鸟吗？”

“哦，不是。米希尔和我们是同类。”多默回答道。

“米希尔住在你们人类小孩都会去的那个地方，”莫斯解释道，“你知道的，就是这条街尽头的那座大房子里。”

“圣斯威森吗？哦，那是我的学校。你们可能没有这个，那就是个……去学习东西的地方。”

“噢，听起来太棒了！”莫斯说。

“还行吧，”萝说，“不过，你们中有人住在那里可真不错。我从来没注意到。你能告诉米希尔，我想和他做朋友吗？”

“嗯……”莫斯迟疑地说。

“我们可以试试……”多默说。

“不过，这一整周都不用去上学，因为现在是期中假期。我们要玩什么游戏呢？”

“你会玩‘橡子跳跳’吗？”多默满怀希望地问。和不会玩这个游戏的新手玩会很有意思，而且，伯内特刚刚教了他新玩法，和传统玩法略有不同。

不过，莫斯狠狠地捅了一下多默的腰。“我们不是来这里玩游戏的——抱歉，你们两个。多默，你不记得了吗？我们有重要的事情要和人类谈。”

“哦！”萝说，她的表情一下子严肃起来，“好吧，我准备好了，开始吧。”

就这样，莫斯从隔壁花园那个白蜡树里的家被毁说起，讲了他们去乡下寻找亲戚时，怎样偶遇了索雷尔，又是怎样深入人类巢穴的中心——这里多默插话道：“我就是住在那里的。”——讲了他们就是在那儿得知了隐秘族的命运，最后讲了库缪勒斯所说的，他们需要在自然世界中找到新的职责，这样他们就不会全部消失了。

“所以你们又回来了？”萝最后问道。

“是的，”莫斯坚定地说，“我们需要你的帮助。我们的计划是，把隔壁的花园弄得像这个花园一样——你懂的，就是昆虫们赖以生存的各类植物再多一些，还要再安装一些喂鸟器，让花园没那么——”

“整洁又无趣，”萝说，“我完完全全明白你的意思了。”

“而且我们考虑到，你和住在那边的小孩是朋友，或许你可以——”

“等一下——我说过这话吗？”

“我想是吧，”莫斯说，“多默，她说过吗？”

“我不记得了。”多默老老实实地回答。

“我们不是像朋友那样的朋友，我的意思是，我们不是那样的朋友，不知道你们懂我的意思没有。玛娅比我大两岁，本比我小一岁。我们上的是同一所学校，可我们不在一起玩或什么的。我真的不是那么了解他们。”

“哦！”莫斯的声音听上去有些沮丧。

“那你能和他们交朋友吗？”多默问。

“我可以试试，只是……我不确定他们两个会不会对自然感兴趣。我的意思是，我知道玛娅会收集一些毛绒动物，但是——”

“她收集什么？”莫斯问。

“哦——就是玩具，毛绒动物玩具。另外，我知道，本会看电视上的自然类节目，可那跟在现实生活中喜欢大自然不是一回事。”

“什么是电视？”多默问。

“这个很难解释。不管怎样，我的意思是，就算我跟他们交上了朋友，我也不觉得他们就真会留意起他们家的花园里有什么。他们就是对那些不感兴趣。”

莫斯和多默一脸疑惑地相互对视。怎么会有人对自然世界不感兴趣呢？他们也是其中的一部分呀？自然世界中处处充满着秘密与故事，充满着喜怒哀乐。看在潘神的分上，还有什么比这些更令人着迷呢？

“我也是这样想的——我也不理解他们，”萝说，“爸爸说，马有马道，可我不明白，关马什么事。我爸爸有时候老说一些奇奇怪怪的话。”

“听我说，”莫斯说道，“只能成功，不能失败。我们得找到办法，让隔壁的花园跟这个花园一样好。这是唯一能救库缪勒斯的办法，也是唯一能救我们族群的办法。我们怎样做才能让他们关注自然世界呢？”

“我觉得我们做不到，”萝犹豫地说，“你不能强迫别人喜欢什么，没用的。”

“那好吧，我们怎样才能诱惑他们，让他们把花园改造得更好呢？”莫斯说，“要不然，就让他们因为自己没有照顾好大自然而感到特别特别难过，特别特别内疚！”

“我觉得这个主意糟糕透了，没人想要感到难过！”

“我知道了，要不搞个比赛怎么样？”多默建议道，“比如，谁家花园里的野外生灵最多？那样他们会喜欢吗？”

“我认为，只有一个办法能管用，”萝说，“让他们看见你们，这是让他们产生兴趣的唯一办法。”

大约一小时后，莫斯和多默出现在了莫斯以前住的花园里，他们坐在一丛常青灌木中，等待着玛娅从房子里出来。萝鼓起勇气，同意上前去敲敲门，问问玛娅是否愿意出来玩。他们的计划是，等这两个女孩走到花园里，多默和莫斯就从灌木丛中溜达出来，故意让她们看见。然后，他们会把那些花园居民的事全部告诉玛娅，希望她对此感到惊奇，然后愿意尽力帮忙。

可是过了好久，那扇后门还是紧紧关着。萝曾提醒过他们，让玛娅出来很难，尤其是在这么冷的天。莫斯开始担心，也许他们要到房子里面去表演了。

终于，房门“吱呀”一声开了，乌鸫先生发出它特有的“咯咯咯”的大声警报。这个声音是那么熟悉——曾经是他们快速返回白蜡树树洞的信号。不过，这一次，莫斯只是使劲地捏了捏多默的手。

“准备好了吗，多默？”多默点点头，表现得很勇敢。

两个女孩正穿过草坪朝他们走来，她们俩叽里咕噜地大声说着人类的语言，与萝和他们自然交流时的隐语完全不同，他们完全听不懂。莫斯偷偷地从灌木丛中探出脑袋，他看见萝旁边的那个女孩个子更高，扎着马尾辫，穿着一件粉红色外套。当她们那两双脚离常青灌木丛越来越近时，莫斯和多默鼓起全部勇气走了出去，溜达到了草坪上。

他们本以为这会引起一阵混乱，她们会惊慌失措，甚至高声尖叫，可真实的情况却是……什么也没发生。萝的运动鞋站住了，她看见了他们，就等着玛娅也注意到他们，可玛娅的运动鞋没停，继续往前走了过去。莫斯抬起头，看见头顶上方的萝一脸困惑。萝愣了一会儿，然后跑了几步，追上了那个年纪更大的女孩。

“等等，刚才发生了什么？”多默问，“我们站错位置了吗？还是她正好在看别的方向？”

“我不确定，”莫斯说，“让我们再试一次。快来，这里有一条小径直通花圃，我们可以抄个近道，在后面的树篱那里截住她们。”

在花园的尽头他们又试了一次。这一次，他们直接走到了两个女孩面前。还是一样，萝看见了他们，她的目光反复地在玛娅和他们之间移动，可玛娅似乎没发现什么异常。最后，莫斯气急败坏，他跑到玛娅面前，冲着她蹦蹦跳跳，手舞足蹈，大喊大叫。玛娅的目光看向他所在的方向，可她似乎什么也没看见。

两个人类的小孩朝房子的方向往回走时，萝回头看了一眼草坪上的莫斯和多默，困惑地耸了耸肩。

莫斯和多默回到常青灌木丛下，他们胡乱塞了几口莫斯准备好的午餐：用腌制山楂和蘑菇做的橡果面包三明治。

“我真不明白，”多默说道，“萝可以看见我们，为什么玛娅看不见呢？”

“我也不知道，要是库缪勒斯在这里就好了，可以问问他，”莫斯叹了一口气说，“你知道吗？再次身处这个花园，这让我一下子想起过去，我们几个在一起的日子。这让我很伤心。”

“可以理解，”多默说，“当你很爱一个人，而且真的很想念他，每次提起他时一定很难过。”

房子的后门又开了，可乌鸫先生这时正在别处，所以莫斯和多默都没发觉。

“我感到绝望了，”莫斯继续说道，“如果不能得到人类的帮助，我们怎样才能向潘神证明我们还是有用的呢？也许这从一开始就是个愚蠢的想法——毕竟，这全都是猜测。我们也不能确定，怎样做才能让这个世界变得更好，怎样才能实现罗宾·古德菲洛的预言，或许我们全都错了。”

“来吧，我们再爬到树篱上去，回到我们的鸟巢箱里，等其他人回来。”多默说完站起身，拉了莫斯一把，“然后我们再好好商量商量——大家一起。你觉得呢？”

就在他们从灌木丛中走出来的时候，一个巨大的足球从他们头顶“嗖”的一声飞过，砸在他们身后的花圃里。他们俩迅速地俯下身，准备再躲到灌木丛里去——就在这时，他们听到一个声音。

是玛娅的弟弟，和莫斯在同一个花园里住了整整八个布谷鸟夏天的小男孩：起初是父母怀抱中的小婴儿，然后长成一个胖嘟嘟的、蹒跚学步的小小孩，那时他会跌跌撞撞地走来走去，把蜗牛和小草都往自己的嘴巴里塞。再后来，就是一个爱在蹦床上跳来跳去、爱踢球的小男孩了。对于一些事物，他从来没有展现出好奇，比如，白蜡树树干底部那个看上去很有趣的洞，或是乌鸫在春天的第一次歌唱，等等。当然，他也一定没有注意到和他共享一个花园的三位隐秘族的小人儿——直到现在。

“哇哦，”本惊叹道，此时此刻，他正低头看向这两个小人儿，“你们到底是什么？”

17

就这样开始了……

人类男孩本知道了一个
非常重大的秘密。

“他说明天再来，然后会告诉我们发生了什么！”多默上气不接下气地总结道。晚上，大家聚在萝的花园里。灌木丛下有一小堆篝火，隐秘族的小人儿们正围坐在篝火边，一边吃晚饭，一边讨论着白天发生的事情。

“等等，”伯内特似乎情绪不佳，可他试图掩饰，“这么说，那个男孩，那个……本，他可以看见你们，但是他的姐姐却看不见？”

“没错。”莫斯和多默异口同声地说道。

“米希尔，你怎么看？你在那个叫‘学校’的地方，不管叫什么吧，见过很多人类的小孩，是不是他们有的能看见你，有的却看不见呢？”

“不知道。”米希尔简短地回答道。这是这位客人整个晚上说的第一句话。

当亮闪闪应莫斯的要求，飞到学校请米希尔来吃晚饭的时候，米希尔的第一反应是拒绝。伤害与孤独会让人拒绝一件能使他们情绪好转的事情，即与人多多相处——他们害怕出错，从而再次受到伤害。亮闪闪用尽所有的魅力来说服他，可在它起飞离开学校操场时，也不知道米希尔到底会不会出席。因此，当大家看到这位不情愿的客人到了，都感到十分开心。

“不管怎样，”莫斯说，“我们计划明天再去跟那个人类男孩谈谈，看看他是否跟大人们说了这件事，不知道他们能不能同意我们的计划。”

“具体是什么计划？”伯内特问。

“是这样的，我们还没找到机会跟花园居民们商量，不知道它们都需要些什么，不过，我们认为，可以先从建一个迷你池塘、开辟一个野花圃、安装一个喂鸟器开始，然后……再谈其他的。”

伯内特没说话，只是捡起一根小树枝，往篝火堆里一投，一副闷闷不乐的样子。

“嗯，我觉得这一切听起来棒极了！”索雷尔说，“你们两个做得不错！有没有人想听听我这一天是怎么度过的？”

“有啊，快点儿说说吧。”莫斯一边说，一边在心里琢磨，是不是伯内特找树的事情进行得不顺利。

“是这样的，”索雷尔开始讲述，“首先，我想为大家建造一个树屋，我花了一上午的时间爬遍了所有适宜的树，想寻找一个最佳地点。树屋需要建在一个稳固的平台上——要距离地面足够高，这样猫就够不着了，但也不能太高，否则刮风的时候就会摇晃。而且，既要风景好，又要不容易被发现——总之，结果是，我找不到合适的地方。”

“我们不能就待在鸟巢箱里吗？”

“那样对麻雀来说真的不公平，”索雷尔说，“话说回来，我想到一个很棒的主意，我打算给大家建一个……地下房屋！”

接着是一阵长时间的沉默。

“就像……一个地洞？”多默说，他仍对在獾穴里迷路那件事耿耿于怀，“那里面会不会很黑？”

“当然不会——有窗户，在头顶上的那种——等着瞧吧。”

“听上去会很潮湿，”伯内特说，“我讨厌潮湿，湿气入骨。”

“不会潮湿的，我保证。请相信我，我是一个发明家。”

“那建好需要多长时间？”莫斯问，“鉴于我们放弃了冬眠，如果能有一个温暖舒适的家就太好了——我们四个可以住在一起。”

“对你们而言是很好。”米希尔说道。

“哦！我的意思是也加上你！”莫斯迅速反应道，“索雷尔，有米希尔的地方，对吧？”

“没事，我开玩笑的，”米希尔冷冷地说，“反正我也不想跟你们住在一起。”

“嗯……你这一天过得怎么样，伯内特？”多默问，他想缓解一下莫斯明显的尴尬，“你和亮闪闪找到花楸树和紫杉了吗？”

“差不多吧——亮闪闪在一条有死亡车流的道路旁，找到两棵白花楸树，它们和花楸树是一族，可没见到花楸树，当然也没见到紫杉。”伯内特说。

“顺便问一句，亮闪闪在哪儿呢？”多默问。

“它说要去跟苍头燕雀栖息在一起，”伯内特说，“我想它可能是想念它的族群了，你懂的。它今天还说起了欧椋鸟群飞的事。”

“什么是欧椋鸟群飞？”莫斯问。

“就是冬天的时候，成千上万只欧椋鸟聚集在一起，它们会在黄昏时分的天空中表演一种空中芭蕾，”多默解释道，“大约五十个布谷鸟夏天以前，它们经常在人类巢穴的上空表演。”

“我好奇的是，它们是不是像参加冬季集会时那样飞，”莫斯若有所思地说，“说起来，它现在是不是该往东部海滨飞了？”

“我今天跟它说起这件事，可它说要跟我们待在一起，帮助我们，”伯内特说，“它真是我们的好朋友，对吗？这个冬天，我们一定要给它多多的关爱。有些鸟喜欢独处，可欧椋鸟绝对不是。我们千万别忘了这一点。”

“我该走了。”米希尔说完，站起身，走进一小片黑暗中，“谢谢你们的晚餐，不管那叫什么吧——

味道不恶心。我走之前跟你们说说吧，你们刚才问我人类孩子的事，是的，有的孩子比其他孩子更善于观察。我住的地方有一只乌鸫，名叫图尔达斯，我认为它是你们的朋友鲍勃的远亲。你们知道的，春天的时候，所有的雄鸟都会在它们唱的曲子后面添加不同的装饰音，对吧？恰好，图尔达斯的装饰音很像人类非常喜欢的那些黑盒子里发出的声音，有的孩子注意到了，他们好像很喜欢，所以就认识了图尔达斯，并且对它是怎么发声的很感兴趣。可是，也有很多孩子根本看不见它，就好像它从没在操场上出现过一样，更听不见它发出的‘哔哔’声。因此，从这件事来看，我猜他们能不能看见我们也是同样的道理。”

“图尔达斯这个名字可真有趣。”莫斯说。他努力控制住自己，才没咯咯笑出声来。

“是我给它取的名字！”米希尔没好气地说，“这个名字很适合它，我会让你们知道原因的。”

说完，他们的这位客人就走了。

第二天醒来，莫斯感觉这是他们离开人类巢穴以来最美好的一个早晨。库缪勒斯的事依然令人伤心难过，大家都不能忘怀，不过如今，事情终于有了进展，而且十分值得去做，这种感觉真是美好。莫斯想着他们马上就要去跟更多真正的人类说话了，所以一醒来就激动不已——谁能想到他们居然可以与人类顺畅交流，就像跟其他动物一样！这简直是一个奇妙的发现！

吃过早饭后，索雷尔和伯内特就忙着完成各自的重要使命去了。莫斯和多默翻过树篱来到隔壁的花园，他们巡游了一圈，找到一些花园居民：长尾小鹦鹉、松鼠、乌鸫、篱雀、蚯蚓、蠼螋，还有灰家鼠。在房子里面的人类吃早饭的时候，莫斯和多默列出了一份长长的需求清单。这份清单中的很多条目都是相互矛盾的，其实，他们早已料到会有这样的结果。他们俩心知肚明（却绝不会说出口）：为了保证一个地区的生态运转，一些居民需要吃掉其他一些居民，就是这么回事。从成为自然世界守护者的那天起，他们就深知其中的奥秘，这一切都是为了保持平衡。自然世界中生活着为数众多的十分微小却十分重要的生命，它们的存在，可以确保以它们为食的那些物种的数量，而那些物种，又确保了以它们为食的物种的数量，以此类推，一直到食物链金字塔的顶端，像雀鹰这样的生物，数量就少之又少了。

没过多久，本从房子里出来了。他戴着一顶毛线帽和一副手套，还拽着一只破旧蓝色小兔子脏兮兮的耳朵。多默立即用他的小塑料笛子吹了一声，向小男孩示意他们的位置。小男孩跑了过来，然后他同意去敲萝的门，邀请她过来玩。不一会儿，四个人就集中在蹦床下，他们蹲坐着，房子里的大人即使朝外看也看不见他们。

“我喜欢你们的蹦床。”萝腼腆地说。

“谢谢，其实蹦床是我姐姐的，你要是想玩，可以上去玩。”

“也许过一会儿吧，”萝回答道，“不过，你能相信隐秘族是真的存在吗？不仅仅在书本里！而且他们一直就生活在你家的花园里！”

本笑了。“我知道！他们比小狗还要好。小狗小的时候很可爱，可它们会长大，而这些小人儿就不会。”

“如今他们都生活在我的花园里，因为那里更好，所以我想什么时候跟他们玩都可以。”萝说。

莫斯觉得有必要打断他们的谈话。“抱歉！我们不是宠物！”

“也不是玩具。”多默说。

“那你们是动物。”本也不确定。

“不完全是。”

“你们就是大自然。”萝信心满满地说。

“说对了，就像你们一样。”

本和萝四目相对。“我们？”萝说，“我们可不是大自然！”

“是的，你们是，”多默坚定地说，“你们是活的，对吗？”

“嗯……是的，可大自然是……自然的。”

“你们也是大自然，只是你们忘了。”

“我没忘。”本说，他打了一个大大的饱嗝儿，然后咯咯咯地笑起来，“我就是大自然！”他大喊道。说完，他把手套摘了下来，用手在潮湿冰冷的草坪上磨蹭着，然后他抓了一些泥巴抹在脸上，做了一个鬼脸。

“本，你要严肃，”萝一本正经地说，“莫斯和多默需要我们的帮助，他们的朋友也需要我们的帮助。我们是唯一可以帮助拯救隐秘族的人。”

“还要拯救整个自然世界。”莫斯说。

本不再闹了，他看上去像是要哭了。“我不想去拯救什么——太可怕了，太难了。”他小声说道。

“我跟你们说过，他只是个小孩子。”萝说话时转着眼珠，就像自己比本大了十岁，而不是一岁两个月零十一天。

“嗨，本，你还记得我们昨天说的话吗？”多默问，“关于喂鸟的事？”

“记得。”本吸溜着鼻子说。

“那你跟大人们说的时候，他们怎么说？”

“他们说，我可以用自己的零花钱。”

“什么是零花钱？”莫斯扭头问萝。

“这个太难解释了。那么，本，”萝继续说道，

“你打算什么时候去商店？”

“妈妈说午饭以后。”

“那我也去好吗？我可以告诉你哪种鸟食最好，还有其他要知道的。”

“好的。”本说，“不过玛娅也要去，她要去买彩色铅笔。”

“太好了，”萝笑着说，“我也喜欢涂色。”

整个上午，他们四个一直在花园里探索。无论哪位成年人从厨房的窗户往外看——或者，即使是玛娅——也只会看到本和萝在地上玩一些小东西：也许是个小树棍，或是橡果，或是树叶，等等。其实，莫斯是在向这两个孩子，以及多默，展示花园里所有的秘密，例如：花圃里那一条条细微的、弯曲的小道，不仅隐秘族走过，鼩鼱也走过；月桂灌木丛下有个安全地带；小林姬鼠储藏坚果和种子的秘密地点；一间供毛茸茸的熊蜂蜂后冬眠使用的地下室入口；一只鸙鹟在春天留下的小小的空巢，等等。他们走到一处，莫斯就会跟他们解释哪些是花园居民留下的踪迹，它们是怎样生活的。然后，萝就会和本商量，他们能做些什么来提供帮助。对两位隐秘族的小人儿来说，跟两个好奇的孩子分享他们的隐秘世界，这种感觉有些稀奇古怪，但又令人兴奋无比。他们俩都希望，这也许是美好未来的开端。

接下来发生的事情更加不同寻常。本和萝回到房子里吃午饭后，莫斯和多默翻过树篱。他们看见伯内特一脸兴奋地从他的鸟巢箱里探出了脑袋。

“哦，你好！”莫斯大声招呼道，“你回来得真早！”

“是啊，我直接冲回来的！”伯内特说完，扔出一卷打好结的绳子，准备顺着降下来，“我们不仅找到了最神奇的花楸树，而且，你们瞧！”这时，他们这位亲爱的朋友从鸟巢箱的洞口处伸出两只清晰可见的胳膊挥舞起来，两只手也十分完整，“很奇妙吧？我的两只胳膊都回来了！”

18

宏伟的设计

索雷尔建好了
他们的新家。

接下来的日子仿佛一晃而过。现在，除了米希尔，伯内特身上的消失进程也或多或少地得以逆转——即使只有一小部分——但这足以让每个人立刻充满希望地投入各自的行动中。

除了睡觉，莫斯和多默的时光都是在白蜡树路52号度过的。他们一直想着各种方法让这个花园变得更加亲近自然。本用自己的零花钱买了一个小小的喂鸟器，然后他们向麻雀丝普吉和苍头燕雀斯平克咨询，看看哪里是最佳的吊挂位置；接着，他们又从长尾鹦鹉卡洛斯的嘴里得到承诺：它不会一口气把里面的鸟食全都吃光，会给别的鸟留一些。他们帮助本和萝用树枝和树叶给刺猬搭了一个温馨舒适的家，万一有哪只刺猬从侧门下方钻进来，想要找个避难窝时能用得着。当天气变得太冷，孩子们就待在房子里，坐在桌前设计并描画一幅修建池塘的草图。

与此同时，伯内特和亮闪闪也在加倍努力地寻找紫杉。伯内特坚信，找到花楸树是他的消失症状得以逆转的原因，而且这也是实现罗宾·古德菲洛预言的第一步。伯内特相信，如果他们再找到紫杉，索雷尔的左胳膊和左腿就会回来，甚至连库缪勒斯都有可能在自然世界中的某个地方重新现身。伯内特和亮闪闪不辞辛劳，在街道上、花园里、公园中四处搜寻，不放过任何一片小林子。亮闪闪在头顶上飞，意志坚定的伯内特在地上走，一天下来，他精疲力竭，浑身青紫，皮肤还有多处划伤，这是因为他每天都要在围栏上翻上翻下，有时还要从深深的树叶堆中钻过去。

莫斯并不相信他们的计划，多默也是半信半疑，可他们不得不承认，伯内特的胳膊就是在他发现花楸树的那天出现的——而那一天，他们在花园里的工作还没有任何进展。此外，从那天开始，他们在隔壁的花园里做了那么多好事，可他们身上消失的其他部分并没有重现：伯内特的腿、索雷尔的左侧身体、米希尔消失的胸部都没回来。莫斯努力让自己坚定信心：他们的所作所为大有裨益，而且是在自然世界中为自己开创一份新职责的最佳方式。可是，让自己始终保持乐观却没那么容易。不过，他们除了继续工作、继续努力、继续希冀自己是在沿着正确的方向前进以外，也别无他法。

夜里越来越冷了，天黑的时间也越来越早。每天晚上，隐秘族和亮闪闪都会相聚在鸟巢箱下的灌木丛中，讨论当天发生的事情。虽然他们在白天各有分工，但晚餐时间大家聚在一起畅所欲言，感觉就像是一个团队。有时候，米希尔也会加入讨论，他慢慢地变得没那么暴躁易怒了，偶尔甚至还会笑一下。不过，他们的这位新朋友很少留下来与他们共进晚餐，而且总是会回到坐落在那条路尽头的、黑漆漆的学校里睡觉。

尽管大家都好意挽留，可毕竟只有四个鸟巢箱，这似乎也强调了米希尔并不完全属于这个团队的事实。特别是索雷尔，他敏锐地感觉到了这一点。因此，他正全力以赴地建一个能容纳所有人的家——即使米希尔并没有表明自己愿意跟他们住在一起。有时候，大家提出要来帮忙，可索雷尔更喜欢一个人工作，独自解决所有的问题——当然，花园居民们偶尔会来帮帮忙。

终于，新家建成的日子到了。晚餐之前，趁天空中还有一些余晖，索雷尔带领大家穿过一片矮灌木丛，来到花园的尽头。

亮闪闪也来了——它一再强调，自己只是出于好奇来看看而已。

“再别指望我会钻到地下去，没门儿。”它嘟哝着，走在队伍的最后压阵。

“我只是去看看各位头儿住在哪儿，方便照顾你们。”

他们来到原木堆附近，青蛙科拉正在那里冬眠。

“大家都看仔细了。”索雷尔低声说道。然后，他按了一下其中一小段木头的一端，那段木头便无声无息地向内打开，露出一条秘密通道。索雷尔朝里面走去——消失不见了。

大家又激动又惶恐，一个接一个地跟了进去——除了亮闪闪。它站在原木堆上，嘀嘀咕咕地自言自语。秘密通道内，光线从上方巧妙码放的树棍和细枝的间隙透了进来，照亮了通往地下的一段台阶。

顺着台阶，他们来到一个很短的廊道，走到头便是一间舒适的主室。主室的地面被踩得结结实实，里面摆放着一张圆桌，是从原木上直接截下来的，主室四周已经放置了几个小柜子。最妙的是，主室的顶上安装了一个透明的凸面窗户，可以让充足的阳光从上面洒下来。

“很亮，对吗？”索雷尔自豪地说，“那是萝帮我在垃圾桶里找到的，我们一起把它洗干净了。很显然，这是人类盛食物用的。如果我们需要伪装，可以在上面撒一些土，不过我觉得用不着。哦，我想着，也许莫斯可以编一个可爱的草垫子铺在地面上，然后，我们再慢慢地在墙壁上安置一些橱柜，怎么样？好了，现在我带你们去看看各自的房间！”

主室通向五间小小的卧室，每间只够大家放置各自的睡袋。另外，还有一个逃生隧道。“我是从獾穴得到的灵感，”索雷尔骄傲地站在隧道的入口处说，“隧道的出口在野花圃的边上，就在那一大丛紫草下面。”

伯内特面带微笑地环顾四周，将重新出现的胳膊抱在胸前。“索雷尔，你的工作完成得太棒了！这里一点儿也不黑，而且一点儿也不潮湿——事实上，这里又温馨又舒适。谢谢你，亲爱的朋友，你给我们大家建了一个最漂亮的家。”

“是的，谢谢你，索雷尔！”莫斯说着走过去拥抱他，“我太喜欢这里了——当然，我一定会给我们的家编织一个地毯，最最好的地毯。”

“我真不敢相信！”多默说，“我的意思是，虽然你曾在那么短的时间里为我们造好了小船，还有人跟我说过，你造出了‘晴天霹雳’，就是你们那辆忠心耿耿的代步工具，而这个——这可是另外一回事。”

索雷尔羞红了脸。“我希望我们能在这里过得幸福，直到……嗯，越久越好吧。我还希望米希尔有一天也能搬过来跟我们一起住。”

“喂！”一个声音从上面传来，“你们这些人还出来吗？我们中有人该走了，该去树枝上睡觉了！”

“抱歉，亮闪闪！”大伙儿大声说道，然后他们列队沿着台阶原路返回，走到出口时，索雷尔给他们展示了能打开那扇小木门的秘密机关，就藏在那堆原木中。

“那今晚是我们在鸟巢箱里过的最后一夜了吗？”一回到地面，莫斯就问。

“哦，不，”伯内特说，“要知道，莫斯，这样对麻雀们太不公平了。我提议，吃过晚饭后我们立刻搬家！”

很快，四个隐秘族的小人儿就感觉他们仿佛已经

在原木堆下住了许多个布谷鸟夏天了，而不仅仅是六天六夜而已。莫斯用干草和野花的茎编织了一个最漂亮的圆形地毯；伯内特就风向的问题咨询了索雷尔之后，他们一起造了一个烟囱，然后在主室的一面墙上开了一个壁炉。与此同时，多默还让两个孩子给他们带了一些空盒子和包装纸，准备着手做一些橱柜，就像人类巢穴里的麦克和米恩家那样的橱柜。

每天早饭过后，伯内特，有时还有索雷尔，会去跟亮闪闪碰头，然后他们会一起继续寻找紫杉。大多数时候，索雷尔会跟着莫斯还有多默去隔壁，他们三个努力工作，想要把这个休眠中的花园改造好，以迎接春天的到来。他们到处找寻蝴蝶、瓢虫还有蚂蚱的卵，如果发现有暴露在寒冷空气中的，他们就会把这些卵塞进铁线莲毛茸茸的花籽儿里，以免它们被霜冻坏。他们还仔细地搜寻了每一处花圃里散落的种子，把花园居民最需要的挑选出来，让那些种子被妥善地种植和浇灌，为它们创造迎接春天的最佳机会。有时候，本和萝也会来帮忙，不过等他们放学回来，做完作业，通常天已经黑了。玛娅也来过一两次，但她看不见他们——即使与她迎面走过，她都看不见。

此时，早已过了隐秘族往常进入冬眠的时间，莫斯本以为自己会开始感觉疲倦——可这种情况并没有发生，也许是因为他们都多了一种强烈的使命感吧。除此之外，他们见到了最后一批南飞的叽咋柳莺，见到胡蜂们、黄钩蛱蝶们，还有蝙蝠们进入了冬眠，也见到最后一批树叶从树上飘落后，那些光秃秃的枝杈在冬日天空的映衬下，黑压压地伸向四方，这一切让他们感到妙趣横生。亲眼见到常春藤在十一月开放的花朵，见到真菌从肥沃潮湿的土壤里冒出来，这些都是一年中自然的轮回。以前这个时候，他们都是在睡觉，而亲眼见证冬天里发生的一切，令他们感到非常有趣。

他们回到白蜡树路已经有一段时间了，大家都已安顿妥当，可突发的事件即将改变这一切。变化的第一个迹象，是本和玛娅的父母从房子里走出来，花了整整两天清理花园。他们把枯萎的植物和灌木修剪下来，然后堆成一堆，用火点着了。紧接着，所有的东西都散发出一股烟味，花圃被烧得光秃秃的，变成了一片荒地。他们还用刺鼻的药水冲洗房屋外的木平台，在平台上的一个个大花盆里种了些毫无香气的进口花卉，还把原本存放在杂物棚中的那些花里胡哨的庭院家具搬了出来。接着，几个陌生的成年人来了，他们给房子各处拍了照片。之后，房子的前门那儿就竖起了一块红白相间的大牌子。

接着，在一个星期六的早晨，本来到花园里。他到处寻找隐秘族，看上去好像在哭。

多默吹起笛子向他发出信号，小男孩走到那堆已经冷却了的灰烬处，小人儿们正在上面检查，看是否还有没被火烧坏的有用的种子或者昆虫的卵。

“怎么了，本？”莫斯问，“是不是在学校挨骂了？”

“是不是你的姐姐欺负你了？”多默同情地说道，“你知道的，她很爱你，对不对？我敢打赌，她是在逗你玩呢。”

本一直摇头，还用戴着手套的手背擦了擦鼻涕。

“那是为什么呢？”莫斯问。

“爸爸妈妈说——他们说，我们要搬家了。”

“这是什么意思？要搬到哪里去？”

“要住到另一个房子里去，因为那里更大。我也不知道在哪儿，因为我没去过。我还能在以前的学校上学，可是……我就不能完成花园的工作了，而且我再也不能跟你们玩了！”

“哦，本，别哭，”多默说，“想想看，你要去认识一座全新的房子了，这多棒呀！而且，再说了，你可以把那里的花园打理好，对吗？”

“多默说得对，”莫斯说，“你可以去找找，看看谁住在那里，它们需要些什么——重要的是，你现在已经知道该怎么做了！”

“那这里怎么办？这个花园怎么办？”

“我们会照管好的。对吗，多默？”

“当然了，我们当然会照管好这里。”

在他们的安慰下，本很快就不难过了，可莫斯的心里却有些沮丧，不仅是因为舍不得这个小男孩，还因为他们为花园所做的一切，似乎突然面临着威胁。

19

前功尽弃

莫斯和伯内特遇到了
最大的敌人。

“直言不讳地说，我真是担心他们两个。”几天后，在萝的花园里，亮闪闪一边啄食着喂鸟器里的面包虫干，一边跟也在喂鸟器里的索雷尔说。这些美味的面包虫干是萝的爸爸放在喂鸟器里的，专供欧椋鸟们享用。

“我也很担心，”索雷尔说，“莫斯几乎整整一星期没下床了，伯内特也有好几天没开口说话了。你觉得，他们是不是开始怀念错过的冬眠了？我感觉自己的状态还可以。”

“并不是那个原因，”亮闪闪说道，“真正的原因是，他们的能量耗尽了。”

“能量耗尽？”

“你看见了，他们那么卖力地试图拯救自然世界，而现在出了问题，他们已经没剩多少力气了。”

索雷尔叹了口气。“唉，这片区域一棵紫杉都没有，而现在，那个旧花园又危在旦夕。”

关于隔壁花园的坏消息比他们最初料想的还要坏：不仅那座房子会被卖掉，而且花园的一部分也会被改造成停车场，供附近即将兴建的一间诊所使用。草坪、花圃、杂物棚，以及那棵空心的白蜡树曾经扎根的地方，统统都会消失在沥青路面之下，只有房子后面的木平台会被保留下来。

“莫斯和多默在那个花园里做的一切……都付之东流了。”亮闪闪摇了摇它油亮亮的小脑袋说，“这真是，奇耻大辱。”

“我们怎样才能让他们振作起来呢？”索雷尔问，“我真不愿看到他们这个样子。也许，我可以发明一个有趣的玩意儿。”

“没用的，头儿。”亮闪闪说，“有时候，你就是得让人感受他们所经历的。别忘了，除了现在的问题，他们还在为库缪勒斯伤心呢。”

“你这话是什么意思？”

“是这样的，他们四处忙碌的时候，以为消失的进程就要被逆转了，那样就不用面对他们的老朋友即将永远消失的事实，你明白我的意思吗？可如今，他们俩的希望都破灭了——嘭！那些悲伤的感觉又回来了。”

索雷尔叹了口气说：“你说得对，亮闪闪，我要是能帮助他们就好了。我们的新家快要装饰好了，还差几个橱柜，我……我不知道还能做些什么有用的事。”

“陪着他们，”聪明的欧椋鸟说，“让他们知道你很关心他们。另外，你们千万不要放弃——一切就要改变了，你们就等着瞧吧。”

当他们刚搬到原木堆下面那个位于地表之下的新家时，莫斯觉得那里既温馨又舒适，充满了欢声笑

语。可现在，那里一片沉寂，空气也不怎么新鲜。多亏有了壁炉，虽然外面是莫斯经历过的最冷的天气，可房间里很暖和。不过，隐秘族的悲伤情绪给整个住处笼罩了一层阴霾。

当大家得知花园要变成停车场时，莫斯感到怒不可遏并且难以置信，然后，悲伤的情绪便一下子涌来。莫斯和伯内特断断续续地哭了整整两天——为库缪勒斯，也为那个他们曾经设想好，可现在永远都不会到来的未来。推动着他们努力工作的希望仿佛破灭了，随之而去的，还有他们的精力。当发现朋友们也在为他们担心时，他们愈发感到难过了。

莫斯躺在床上，呆呆地盯着房顶。这时，索雷尔结束跟亮闪闪的会面后回来了，他站在台阶旁，跟多默小声交谈着。莫斯无意间听到了他们的谈话。

“莫斯又睡了，伯内特一直说没啥事，可明明有事。”多默小声地说道，语气里满是担忧，“我提议讲个故事，或者玩‘橡子跳跳’游戏，可他们俩谁也不搭理我。我还提议用我的笛子给他们吹奏一曲美妙的音乐，可他们对什么都不感兴趣。”

“我刚才见了亮闪闪，它说我们不需要哄他们开心，”索雷尔悄悄地说，“它说就让他们悲伤一会儿，会过去的。”

“我原先也是这样想的，”多默说，“可却很难做得到——尤其是当他们俩深陷在自己的小世界里，彼此都不搭理的时候。莫斯连吃什么都不在乎了，这可绝对不是他的性格。他被猫咬了，住在麦克和米恩家的时候都不曾这样。”

“是啊，这个迹象可不妙。”

“话说回来，索雷尔，我一直想问……你怎么样？”

“谢谢你问我，”索雷尔回答，“我想……其实，老实说，我不相信咱们的任何一个计划会奏效。不过，我又希望我错了——多希望我的左胳膊和左腿能神奇地再现，这样我就不会消失了。伯内特的想法肯定和我一样——或许他比我更难过，因为他的两只胳膊都已经回来了。现在这种情况似乎不合理。”

“我觉得，在不同程度上，我们都有这种感觉，”多默说，“不过，我还是不断告诉自己，罗宾·古德菲洛一点儿都不害怕从自然世界中消失，所以我也不应该害怕。”

“谁知道呢，也许我们会在另一个地方遇见老库缪勒斯，”索雷尔哀伤地说，“现在，我该去做午饭了，然后，我们去跟他们一起坐一会儿吧？”

“实际上，我打算出去，呼吸一下新鲜空气，”多默说，“你们这些人已经把我从一个室内生物变成了室外生物——现在，我要出去了，看看自然世界每天的新变化！”接着，莫斯就听见原木堆下的暗门打开后又被关上，多默出去了。

索雷尔端来午餐，静静地在莫斯的床边坐了一会儿，然后就出去了。莫斯打了个盹儿，然后便盯着泥土墙上露出的那些又细又白的根系出神，他时而编一些押韵的词（例如：多默/落寞），或者，出于习惯，他会想些描写事物的好方法——仅此而已。偶尔，主室会传来一阵叹息，那是伯内特。他正盘腿坐在壁炉边，目不转睛地盯着火苗，时不时地往里填一片松果碎屑，或者，用铁丝拨弄一下火苗。

此时，白蜡树路52号的房子里，所有的书籍、玩具、衣物都被打包装箱，地毯被卷了起来，窗帘被拆了下来。在所有忙忙碌碌的人类上方，亮闪闪正栖息在房顶上，耸着肩弓着背，形单影只地怀念着它的同伴。

寒冷的冬季花园里，所有的蠕虫、跳虫、多足虫、线虫以及其他生活在土壤里的动物们，都在慢慢地、慢慢地向下移动着，往冻土的深处钻去。

20

上了一课

多默想寻求帮助，可米希尔真的是合适的对象吗？

的确，如今多默每天都喜欢待在户外，不过，这并不是他出去散步的主要原因。不管别人怎么说，看见莫斯那么痛苦，而自己却无能为力，他很难过。

“谁了解绝望到底是怎么回事呢？”多默想。这时，米希尔突然进入他的脑海。毕竟，当年同族的人烧毁了他的紫杉，米希尔经历过他人难以想象的失落，可他设法走了出来。米希尔很少笑，也说过不欢迎他们中的任何一个去他家做客，所以要去学校找他的念头让多默有些害怕。可是，如果还有一线希望能帮助莫斯，那就值得一试。

多默从花园的侧门下面溜了出去，路过街边一个个垃圾桶，努力不去想那些从白蜡树路到学校之间的猫、人类、轰鸣的死亡车辆或其他危险。幸运的是，街上静悄悄的。多默沿着路肩小步快跑，偶尔停下来观察一下周围的动静，最后安全地抵达了白蜡树路尽头的学校。他从学校的围栏下钻过去，进入了操场，然后蹲伏在一个被丢弃的薯片袋后面。

隐秘族上次来到学校的时候，四下漆黑一片，一个人影也没有，可现在，到处都是不同年龄的人类小孩，有的三三两两聚在一起，有的在攀爬架上玩耍，还有的坐在长凳上，有说有笑。他们的校服外面穿着大衣，几乎人人都戴着毛线帽子和手套。多默仔细地搜寻着萝和本，甚至也包括玛娅，可根本认不出来。

“你在找谁？”突然，一个颤音从身后传来，多默吓得跳了差不多有三厘米高。和鲍勃先生长得很像的一只乌鸫出现在沥青路面上，它那双明亮的、镶着黄边的眼睛，好奇地打量着多默的脸。

“哦……你好！你吓了我一跳！”

“万分抱歉！我只是想帮忙。我是不是可以认为，你是在找一个你的同类，名叫米希尔？”

“嗯……是的，你说得对。你是怎么知道的？”

“敏锐的猜测而已，这没什么，”那只乌鸫说道，“能否问一下，你的尊姓大名？”

“我叫多默。很高兴认识你。”

“彼此彼此。你可以叫我梅鲁拉[1]教授。”说完，这只乌鸫夸张地鞠了一躬，然后把头昂得更高了，“我出生并成长于书香世家，自认为是个智者，是位良师，是名——”

“等一下，你是不是——哦，是那个……对了！你是不是图尔达斯？”

那只鸟忽然泄了气，连声音都变了。

“是的，没错儿，就是我。”

多默笑了。“米希尔跟我们提起过你。你的歌声末尾总有一段特殊的鸣啭，孩子们都喜欢听，对吗？”

“没错儿，可我现在不能唱——现在是冬天，我要等到春天才会一展歌喉。”

[1] 乌鸫的拉丁语学名为 Turdus merula，可音译为图尔达斯 · 梅鲁拉。

“说得在理。不过——你是不喜欢自己的名字吗？”

“哦，我不应该发什么牢骚，”乌鸫叹了口气说，“就是……就是那个名字听起来不太高贵，而我想成为那种非常高贵的动物。我想给孩子们树立一个好榜样，你懂吗？”

就在这时，铃声响了，孩子们都开始往回走。

“言归正传，”多默说，“你能告诉我米希尔住在什么地方吗？或者，你可以传个信儿给他，告诉他我在这里吗？如果你觉得这样更好的话。我知道，有的人不喜欢接待不速之客，而我并没有受到邀请。”

“你是朋友还是敌人？”

“朋友！”多默立即回答道，“我住在白蜡树路的一个花园里，和莫斯、伯内特还有索雷尔住在一起。这几个星期以来，米希尔一直为我们提供一些意见和建议，可现在，一切都乱套了，所以我——我需要向他求助。”

“嗯，听起来很严重，”图尔达斯说，“跟我来——我们得快点儿了，下一批孩子马上就要出来了。”

他们穿过操场，来到主楼入口处的一面墙边，墙上有一根黑色的塑料管，从屋檐下的雨水槽一直通到地面。

“你往上爬，”图尔达斯说，“顶上有一个入口，我在那里等你。”

乌鸦一下子就飞到了雨水槽上面，多默开始顺着从地面到房檐的这段雨水管往上爬。雨水管后面有一些起固定作用的小夹子——钉子或栓子——都被楔进砖头墙里，形成了一个天然的梯子。多默没用多长时间就爬到了顶部。

“他就在里面，”图尔达斯用黄色的喙朝着拱形房顶下方那个黑洞洞的空隙示意说，“别害怕。”

“我不害怕，”多默说，“我以前也住在人类的建筑里！”说完，他就走了进去。

多默和图尔达斯蹑手蹑脚，顺着屋檐内侧一条窄窄的通道往里走，乌鸦的爪子划出刺耳的声音。这里让多默回想起在獾穴的经历。在那个黑洞中，伯内特找到他，两个人坦诚地说出了自己的忧虑，从此牢固的友谊便在他们之间生了根。或许有一天，米希尔也会有同样的回忆。

“在那边。”图尔达斯喳喳叫道。在屋子的吊顶和房顶的木梁之间，展现出一个低矮却宽敞的空间。脚下的吊顶上有几块方板被微微挪开，一束束光线从下方的教室里透上来——也包括人类的声音，是一个大人和一群孩子说话的声音。

在这个空间的中央，有个黑衣人正脸朝下地趴在地上，根本没理会他们，就好像昏倒了一样。

“嘘！”米希尔说，他头也不抬地冲他们挥了挥手。图尔达斯和多默停下了脚步。

“你千万别介意，”图尔达斯小声说道，“当孩子们在学一些有趣的知识时，米希尔总是这样，他像这样旁听已经有许许多多个布谷鸟夏天了。”

“可是，他怎么能听得懂呢？他们说的都是人类的语言啊。”多默也小声说道。

“是的，不过如果你往下瞅瞅，可以看见那个大个儿的人类在一个墙面挂件上又写又画，有的时候挂件上还会出现一些会动的图片之类的。如果你一直这么听，就能跟得上。反正，米希尔说他能跟得上。虽然我是在这里长大的，但我从来没兴趣听那些。”

“你是在这里长大的？”多默问。他环顾了一下这个四周光秃秃的天花板夹层，说道："这里也不像乌鸦养育后代的地方啊！"

"哦，是的。显然，当我还是一个蛋的时候，是在操场上某棵树的鸟窝里。可是，一定是刚孵出来没多久，我就从那上面掉了下来。米希尔在沥青路面上发现我时，我已经在烈日下奄奄一息了。他把我带到了这上面——我在这儿玩得可真开心！——是他独自把我养大的。"

"哇哦！这么说，米希尔是你的养父！"多默惊叹道。

"说得对。"图尔达斯得意地喳喳叫道。

这时，米希尔站起身，冲他们俩分别点了点头，算是打招呼了。

"图尔达斯。多默。"

"你好，米希尔，"多默说，"你的家真可爱，多么——多么开放，而且，嗯，精致巧妙。对了，很抱歉，我冒昧来打扰你了。"

"有什么可以为你效劳？"

"我……我是希望你能给我一些建议。"

米希尔没有说话，转身走开了。多默看向图尔达斯，不知如何是好。

“嗯，走，快跟上他！”乌鸫说，“咱们回头见。”说完，它一蹦一跳地，顺着原路离开了。

多默踮着脚，穿过教室的天花板，来到一个很远的角落。那里的一根木头柱子后面，才是米希尔真正的家：一个温馨的小屋，塞满了多默从没见过的最有趣的东西，有机器人、狐狸、柠檬形状的各种橡皮，有包在糖纸里的糖果，有发圈、塑料恐龙、铅笔、笔帽儿、一只樱桃味的润唇膏、蓝丁胶、各种形状和大小的回形针、单只无线耳机，还有一些老式的笔芯，被整齐地码放在一起，就像一堆布满了灰尘的酒瓶。墙上挂着一幅画，那是一个徽章，上面写着“我爱旺布尔斯家族[1]”。

“哇哦，这简直太壮观了！难怪你不想搬去跟我们住呢，”多默说，“这些东西都是什么？”

“大部分的东西，我也不知道是什么，”米希尔说，“我还在研究，也许哪一天，索雷尔可以过来帮

[1] 旺布尔斯家族是英国作家伊丽莎白·贝雷斯福德笔下一群拥有尖鼻子的毛茸茸的生物。它们会用富有创意的方式收集和回收垃圾，从而保护环境。20 世纪 70 年代，英国广播公司（BBC）播放了同名动画，使这些角色在英国大受欢迎。

我看看。对了，过来坐下吧。”

墙边有一个沙发，那是一个毛茸茸的铅笔盒。他们俩一坐上去，里面的玻璃珠就被挤得噼里啪啦响。

现在，到了该向米希尔解释来意的时候了，可多默却突然泪如泉涌，几乎无法开口说话。

“慢慢来。”米希尔说，语气颇为温柔。

“是莫斯……当然……还有……伯内特，哦，米希尔，我觉得……我觉得他们已经放弃了，我特别担心他们！我不知道该怎么办……所以我……我就想到了你，因为……”

“他们当然会放弃，也该放弃了。”

“什么?！”

“我知道这附近没有紫杉。你不会认为我知道哪里有而不告诉你们吧？伯内特找了亮闪闪帮忙，我也有图尔达斯，它早就飞遍了整个街区，仔仔细细地搜查过，不会有疏漏。你们从一开始就是在白费力气。”

“白——什么？”

“没什么。至于莫斯——嗯，潘神会保佑每个努力的人，可是想要通过改善一个花园的环境来拯救整个自然世界，这个方法永远不会奏效。”

“可——可这值得一试，对吗？每一粒野花种子、每一个虫蛹、每一只田鼠宝宝都很重要……”

“当然，所有的田鼠都很重要，没人说它们不重要。同样，蜜蜂啊，还有其他动物也都很重要。不过，这需要很长很长时间，而现在时间不够了。”

“你这是什么意思？”

“自然世界正在被掏空——包括我们。”

“可是……可是消失的症状……你消失的部分已经开始回来了，伯内特的也是……”

米希尔耸耸肩。“我也不明白，这只是某种诡异的现象吧，仅此而已。什么也改变不了。十分遗憾，多默，可有的时候，最善良的做法就是告诉他们真相。”

多默呆坐着，双手抱头，似乎在努力地接受这个真相。

“那你为什么还要帮助我们实现这些计划呢，如果你早就知道这样做毫无意义？”

米希尔的声音哽咽了。“我……我很孤单。一直以来，我都以为住在花园里的那三个人不想认识我——然后，你们就来了，大家都很友善——对了，除了那些攻击我的蝙蝠。我喜欢和我的同类在一起，就这么简单。”

之后是一段长时间的沉默。

“我……我到这里来，是想请你帮忙，我想让莫斯和伯内特都振作起来，”多默有些迟疑地慢慢说道，“要知道，我爱莫斯，我想让你告诉我，你当时是怎么战胜绝望，继续生活下去的。”

“你只得那样生活下去，”米希尔直言不讳地说，“只能……接受，然后等待。”

“等待什么？”

米希尔不说话了。

21

白雪茫茫

白蜡树路变了模样，一位亲爱的朋友启程了。

午夜时分，雪花开始纷纷飘落。夜空中，厚厚的云层挡住了满天的星座：北斗七星所在的大熊座，有一小簇亮星闪耀的仙后座，以及代表着自然世界之潘神的摩羯座——全都消失在了黑压压的乌云背后。起初，飘落的雪细如糖霜，可很快，雪越下越大，一团团纷纷扬扬地落下来，在白蜡树路的街灯下旋转，在零星几辆深夜出行的汽车大灯前飞舞。

由于地面温度很低，雪落下后并没有融化，而是渐渐在草叶间堆积，直到整个花园的草坪都变成平平整整、白茫茫的一片。路边一辆辆汽车的顶棚和引擎盖上都结了一层薄冰，光秃秃的黑色树枝上也挂上了一层厚厚的雾凇。白雪在围栏的桩子上、垃圾桶上形成一个个圆圆的小丘，还给枝叶繁茂的灌木丛加上了白色的盖子；雪将一切声音掩埋，使四周归于寂静。几小时的黑夜过后，世界将会变成另外一副模样。

当冬天第一缕微弱的阳光刚刚露出东方的地平线时，莫斯就醒了。由于白天打盹儿的时间过长，所以天刚亮他就睡不着了。霎时间，他察觉到些许莫名的异样，或许是因为从主室天窗里透进来的光，似乎比以前更白、更亮了，或许是因为一切过于安静，他也说不清是什么原因。

自从上星期以来，莫斯从未感觉自己像现在这样清醒，这样充满好奇。他蹑手蹑脚地走到主室，仰头向上看了看。好像有什么东西盖在了天窗上，又密又白，可光线却能透进来。空气中还有一种新奇的气味，又清新又湿润。在潘神这片神奇的土地上，究竟发生了什么？

莫斯决定不吵醒其他人，先去外面快速地看一眼——确认一切正常后，就可以回来安心地继续睡觉了。可是，当他猛地推开台阶尽头的门时，眼前的景象让他大为惊喜：四周是一片冰天雪地，完美得令人窒息，仿佛所有的问题都可以在这个瞬间被遗忘。那个纷繁复杂的日常世界，至少在这一刻，从他眼前消失了。

莫斯吃惊地张着嘴，他凝视着萝的花园，想要把一切都装进眼睛里。突然，一个声音赞叹道："哇哦！"是多默来了。冷风从敞开着的门溜了进去，把他冻醒了，所以他爬上台阶，出来看看是怎么回事。

"我真搞不懂。"莫斯说。

多默先将身后的门关好，然后握住了莫斯的手。

"这是什么？"莫斯问，"我的意思是，我能感觉到，这是天然的，是好的东西，可——可你以前见过这个吗？"

"自从我冬天不再冬眠后，见过几次。这个叫雪。”

“它是从哪儿来的？”

“是从天上掉下来的，就像雨。”

“不会吧?！”莫斯仰头看着天空说。此时此刻，东边的天空隐约现出一抹柠檬黄。

“我理解，”多默笑了，“这怎么也不像是从天上掉下来的，对吧？”

“整个冬天都会是这个样子吗？”

“哦，不——雪只会停留几天，甚至只有一个早上，这取决于天气。伯内特应该可以预测得更准确一些。”

“对了，我们应该进去叫醒其他人，”莫斯说道，“不知道他们以前有没有见过这样的场面！”

“等等，”多默一把抓住莫斯的胳膊说，“让他们再多睡一会儿吧。你难道不想玩玩吗？”

莫斯注视着眼前的白色花园。冬日的太阳升了起来，阳光洒在雪地上，照得到处闪闪发亮。当悲伤的情绪还如此强烈——怎么可能快活地玩呢？可是，从另一方面想，在这洁白的雪地上留下第一串脚印简直太酷了！而且，如果——

就在这时，一个湿润的大雪球飞了过来，正好砸中莫斯的耳朵。多默大声笑着朝野花圃的位置跑去。莫斯想都没想，弯下腰抓起一把雪，用双手把它捏成一个球，又喊又叫地朝多默跑去。

接下来的十多分钟里，他们用雪球互相打对方的后背，头朝下地扎进像枕头一样的雪堆里，还在结冰的斜坡上滑来滑去，两个好朋友玩得不亦乐乎。

“哦，是的，我以前见过雪，不过只是在它来得特别早，或是来得特别晚的时候。”伯内特说。

“我也见过，”索雷尔说，“你们真应该看看雪中的富丽溪，简直太美了！水流在积满白雪的溪岸之间叮叮咚咚地流淌，有一次，水面的边缘还结了冰，橡树湾也有一部分结了冰，简直太神奇了。”

四个隐秘族的小人儿坐在白雪覆盖的原木堆上，还有很多更小的花园居民正在那里面冬眠。太阳升起来了，可阳光还没有照到萝的家，也没有照到隔壁本和玛娅的家。伯内特和索雷尔醒来后加入了莫斯和多默的游戏，他们玩了一会儿，兴奋劲儿渐渐消退之后，他们四个决定坐下来休息休息。

“下雪天最好的一件事就是动物们留下的足迹。”伯内特说，和莫斯一样，他似乎也因为雪而重新燃起了热情，“太奇妙了！你可以看见大家都在忙什么——鸟从哪里跳过，狐狸从哪里走过，老鼠又从哪里跑过。有一次，我还发现一串斑尾林鸽的爪印，后来它起飞的时候，翅膀又把印子抹去了。”

“哇噢！”莫斯惊叹道。

“说到鸟……”多默刚开口，亮闪闪就降落在从木堆中间伸出的一根树枝上，它把翅膀整整齐齐地叠放在身后。

“各位头儿，有什么新鲜事吗？”它喳喳叫道。

“主要是，雪，”莫斯说，“太神奇了！”

“哦，是的，我忘了你们可能没见过雪。在雪里玩肯定很有趣，但对于一只鸟来说，想要吃一顿饱饭就更难了。”

“我们还有一些熏蚂蚱腿，对吗，莫斯？我去给你拿一个？”多默问。

“倒是想来一个。”

“你最近怎么样啊，老朋友？”当多默拿着给亮闪闪的小零食回来时，莫斯问，“我们最近几天都没怎么看见你。”

“哦，你懂的。”欧椋鸟耸耸肩，把脸扭到一边说道。

“你还在为没有找到紫杉而难过吗？”伯内特同情地说，“我完全理解。”

“不是的。我的意思是，显然，你们这些人为此感到难过，可我不是因为那个。我是……好吧，听起来很傻，可我是因为孤单。我知道，我有你们大家，可我还是想念其他欧椋鸟了。我的同伴，懂吗？我的同类，我的族群。”

四个隐秘族的小人儿都走了过来，围在这只伤心的小鸟身旁，他们拥抱它、抚摩它、说温暖的话来安慰它。最后，那只欧椋鸟不耐烦地扇扇翅膀，跳出了他们围的圈子，谁也够不着它了。

“好了，好了，别碰我的飞行羽毛了！行了。”

“如果你想飞到海边去，应该还不晚，”伯内特说，“依我看，未来几天天气晴冷——适合飞行。”

“谢了，头儿，可还是太晚了。大洋彼岸的鸟儿们早就已经飞到那里了，它们现在肯定都找好了朋友——我融不进去了，尤其当我还是独个儿飞过去的，你们明白吗？”

“你说，独个儿？”莫斯凝望着西边的天空问。

“是啊，行动晚了，再加上是独个儿，感觉有点儿奇怪。”

伯内特站了起来，也朝西边望去，他抬起一只手遮住冬日低低的阳光。“嗯，亮闪闪……”

“总之，我不喜欢自己闷闷不乐地待着，所以来找你们，看看你们想做些什么。”

“亮闪闪！”索雷尔和多默一起叫起来，他们站在原木堆上，眼睛掠过亮闪闪的头顶，向远方望去。

“什么？”小鸟叫道。此时此刻，伴随着一阵令人惊心动魄的拍打翅膀的声音、一片嘈杂的“叽叽喳喳”的声音，还有一连串鸟屎“啪嗒啪嗒”落下的声音，天空中的一百只、两百只欧椋鸟——甚至更多！——由远及近，纷纷降落在四周的参天大树上，或花园里挂满浆果的灌木丛间。在白雪的映衬下，只看见黑压压的一大片，压弯了那些枝枝杈杈。它们吵吵嚷嚷，相互愉快地用喙轻啄着对方。突然，就在几秒钟内，它们全都安静下来……默不作声了。

亮闪闪目瞪口呆，四个隐秘族的小人儿也环顾着这些欧椋鸟，面露喜色。索雷尔和莫斯扬起双手，一把捂住了嘴巴，伯内特则兴奋地上蹦下跳。

“欧椋鸟群飞！欧椋鸟群飞！”多默不停地念叨着。

“你说的是什么？”一个声音从鸟群中传来。一只非常美丽的老年雌鸟从枝杈上飞到地上，朝原木堆走来。

“你们的空中芭蕾！”多默说，“哦，抱歉——很高兴认识你。我叫多默，这位是——”

“哦，我们认识你们，”那只鸟说道，“空中芭蕾，是吗？这个我可以安排。”

亮闪闪一直没说话，莫斯捅了它一下。在这么多新面孔前，这只平时自信满满的小鸟居然害羞起来。

“好。”它终于开口吐出一个字。

那只欧椋鸟大笑起来，爆发出一连串搞笑的“哔哔哔”和“咔嗒咔嗒”的声音。“你好！亮闪闪，”它说，“我们没见过面，对吗？我叫卢瑟，我已经度过了九个布谷鸟夏天。我是这群鸟的领队，我们被派来接你往东边飞。”

“派来？谁派来的？”

“这不重要。你跟我们走吗？”

“可是——”

“他们会没事的，我保证。”

“怎么——”

“相信我。”卢瑟说，语气中带着笑意。

亮闪闪看了看四个隐秘族的小人儿，他们正手牵着手站在那里。

“我不能走。”它低语道。

“能，你能。”伯内特安慰它。莫斯也点点头，含着眼泪微笑着。

“我不能！”亮闪闪又说了一遍，“我们还没有找到那棵树，而且你们的旧花园还没了，你们几个可能不会……你们可能不会……”

这只小鸟把喙埋进胸前的羽毛里，抽泣着。

莫斯伸开双臂拥抱了这只小鸟，亲吻着它脸颊上柔软的绒毛。

“别担心，亮闪闪——卢瑟说得对，我们会没事的。你现在需要跟你的同类在一起，跟它们去吧。等你春天回来时，我们还会在这里，不信你就等着瞧吧。”

“我们会在这里等你的，真的。”多默补充道。

“我保证。”索雷尔说。

“可你们保证不了，对吗？”亮闪闪抽抽搭搭地哭着说，“这才是问题的关键。”

索雷尔和伯内特相互瞅了瞅对方。他们现在还是只有一部分的身体可以看得见：伯内特的双腿还没回来，索雷尔左半边的胳膊和腿也还是看不见。

“我们绝对会尽全力留下来的，”伯内特说，“这一点我可以保证。”

“而且，我还会发明一个东西，”索雷尔说，“一台……一台‘身体重现机’！那一定会是台神奇的机器，我已经知道该怎么做了，只是……只是我还没机会告诉你们。”

他说的不是真的，大家都心知肚明。可是，他们也都知道，随着时间的推移，亮闪闪只会感到越来越孤单。它已经很久没有做一只欧椋鸟该在冬天里做的事了：和同类们一起飞行，一起栖息，一起聊天，交换交换彼此的见闻，然后再换上一身汽油般锃光发亮的羽毛，为春天做好准备。

“到时间了，亮闪闪，”卢瑟善意地提醒道，“你准备好跟我们一起飞行了吗？”

隐秘族的小人儿们挨个儿走上前，一一拥抱亮闪闪，大家都努力不让自己哭出来。

“保重，”莫斯说，“我们会想你的。”

“春天再见。”伯内特说完，哽咽着转过身。

“春天再见！”大家齐声喊道。鸟群拍打着翅膀腾空而起，亮闪闪也在其中。冬日的天空下，花园上空的欧椋鸟鸟群呈现出漏斗的形状，盘旋着越飞越远，直到飞离白蜡树路。

接着，神奇的一幕出现了。鸟群在苍茫的天边组成了一朵云，每一个黑色的小点都是一只鸟，紧接着，形状开始变幻，它们先是聚拢成一团，然后分散开来变成一张大网，随后又向中间聚集成一个泡泡的形状。很快，泡泡伸展开来变成椭圆形，椭圆越展越大，不断向外扩，最终变成一个球形。这是欧椋鸟们的空中芭蕾，令人叹为观止。看着这些，莫斯的心也随之翱翔起来，充满了对那只小欧椋鸟的祝福。它终于和它渴望的伙伴们在一起，成了鸟群的一员，在冬日的天空中，展现着那些稍纵即逝但却令人终生难忘的美丽图形。

花楸树

雪地上，大家尽情玩耍。

欧椋鸟群飞的表演结束了。当白蜡树路的孩子们从睡梦中醒来，向窗外遥望的时候，鸟群早已飞走了。人类的一天开始了，他们打开房门来到花园中，有的人轻手轻脚、战战兢兢，有的人异常兴奋、大声尖叫，有的人满心好奇，仔仔细细地观察着雪地上的印迹，这些蛛丝马迹都是那些不常露面的动物们留下的线索。有的孩子没戴手套也没戴帽子就冲了出来，结果被大人叫了回去，还挨了骂，看来至少有一双毛绒拖鞋被完全浸湿，不能要了。不过，大家都知道，雪是大自然最美好的馈赠之一，一定要尽情享受，因为谁也不知道它会停留多久，谁知道下一场雪什么时候才会来呢？

伯内特和索雷尔坐在一根木头上，看着莫斯和多默堆“雪鸟”。他们俩想给“雪鸟”加上一个像亮闪闪那样的尾巴，可是，虽说欧椋鸟的尾巴比鹡鸰和乌鸫的短，但那也不是一件容易的事，他们把那个用雪塑的尾巴一下子弄塌了。当萝从房子里出来时，多默吹起他的白色笛子，给她发了个位置信号。只见她双手捧着一把雪，朝花园尽头跑来，身后留下一大串人类的脚印。

“雪——啊！”她一边大喊，一边把捏好的雪球朝一棵大树扔去，雪球不偏不倚地正好砸在树干上，溅起一团白泥，大家欢呼起来。萝在他们身旁蹲下，咧嘴笑着。

“太美丽了！对不对？”她说，“爸爸说今天下雪，我不用去上学了，这简直太棒了，反正我无论如何都不会错过玩雪的。这可是我第二次看见这么大的雪，虽然爸爸说，我还是个婴儿的时候也下过一场大雪。你们在玩什么呢？”

“我们在堆‘雪鸟’，”莫斯说，“可是没堆成功。”

“看上去更像一个雪团，对吗？”多默说，他往后退了几步，挑剔地看着他们的杰作，“哦，算了。”

萝歪着小脑袋，仔细端详着他们几个。“你们还好吗？”她问，“你们好像不开心。”

“哦——我们没事，”伯内特说，他挤出一个微笑，“就是我们的一个朋友去旅行了，没别的，我们会想念它的。”

“它还回来吗？”

“春天回来。”

“嗯，那就好。嘿，你们知道吗？本和玛娅明天搬家。”

“明天?!”伯内特惊呼道。莫斯又补充了一句：“这么快？”

“他们所有的玩具都已经装到箱子里去了，在到新家之前，他们每个人只允许拿一个玩具。本拿了他的兔子，玛娅拿了一个狐狸暖宝宝，就是那种可以放进微波炉里加热，然后睡觉时抱着的。”

有一件事，隐秘族总觉得既有趣又奇怪，那就是他们认识的人类小孩都有和假动物玩的习惯，而对现实生活中的真动物却不怎么感兴趣。如今，他们对这件事已经习以为常了，可是，谁也没搞懂微波炉是个什么玩意儿。人类的有些东西真是令人费解。

“本真的很喜欢那只兔子，”伯内特说，“我倒是想给他介绍一只真兔子认识。兔子是非常好的伙伴，不过你不能拎着它的一只耳朵到处跑。”

“我去叫他，看他是不是愿意过来玩，怎么样？”萝问。

“等一下，”多默说，“如果今天是他们在这里的最后一天，那我们去他们的花园里玩吧，他们要跟那里道别了。”

“说得对，朋友们，”萝说完站起身，“我们那里见，好吗？”

午饭后，本和玛娅的爸爸妈妈会带他们去玩雪橇。可事实上，那个早上，三个孩子已经玩得不亦乐

乎了。他们绕着草坪滚起了两个雪球，然后摞在一起堆了一个雪人。雪地上留下一道道弯弯扭扭的痕迹，下面的青草都露出了头。莫斯、伯内特、索雷尔还有多默帮忙找了几块圆圆的石头，用作雪人的眼睛，还找了一根完美的木棍当作鼻子。他们把找到的东西送给本和萝，因为玛娅依旧对他们视而不见，她好像也没注意到乌鸫先生和太太正在雪地上跳来跳去，不时地从露出来的草坪上啄起虫子吃。就连看见本和莫斯说话的时候，她也只是跟萝取笑她的小弟弟，说他是在和"凭空想象出来的朋友们"说话。这时，大家彼此对视，笑而不语。

雪人堆好后，四个小人儿坐到了常青灌木丛下，这时，玛娅摘下她的紫色围巾，给雪人围上了。

"你明天离开前可别忘了拿！"萝用人类的语言说道。

"我想，我就把它留在这儿吧，"玛娅说，"作为献礼——就像罗马人那样，或者，就作为我曾经住在这里的证明吧，无论接下来是谁搬进来，都会知道我曾经住在这里。"

"你要搬走了，难过吗？"萝问。

“我难过，”本说，“我真的很难过。”

“我也是，”玛娅说，“我还以为我不会难过呢，可我错了。我们的新家很好，我的房间也大多了，可那个花园里放不下我的蹦床。”

“好在你们不用转学，”萝说，“这是最重要的。”

两个女孩相视而笑。几个星期以前，她们才刚交上朋友，彼此还没有真正地了解对方，但友谊的种子已经种下了。实际的情况是，她们俩整个学生时代都是好朋友，直到成年——不过，目前她们都还不知道这些。

“玛娅，你知道今年春天，我们的花园里多了两个鸟巢吗？”本问。

他的姐姐摇摇头。

“它们现在空了，那是鸫鹟和篱雀的窝，”本得意地说，“我们新家的花园里也会有鸟巢吗？”

“我不知道，”玛娅回答道，“可是——”

“那你知道这里还有一窝家鼠，它们生了七个孩子吗？”

“不知道，可是，本，你是怎么——”

“这里还有田鼠们留下的痕迹，你知道吗？哦！雪地上或许有它们的脚印，我们去找找！快来，玛娅，我指给你看！”

当然，这些人类的对话，隐秘族一个字也听不懂。不过，当他们看到小男孩带着他的姐姐在花园里四处寻觅，仔细观察着鸟的爪印，猫留下的痕迹，以及啮齿目动物小步快跑时留下的一道道轨迹时，他们马上就明白他在干什么了：他正在向他的姐姐介绍着花园居民的隐秘世界，就是那个他最近才刚刚发现的世界。

“嘿！”萝开心地朝四个小人儿笑着说，“玛娅喜欢自然！你们瞧！”

“都是雪的功劳，雪让一切都变得更有趣了，”莫斯点点头，颇有见地地说道，“另外，在雪中，人们自己也会感觉很美好。”

“可惜的是，他们明天就要走了，”伯内特伤心地说，“她没有机会认识所有的花园居民了，一切都太迟了。”

“可仍然是一件好事，”索雷尔说，“谁知道他们在新花园里会遇见谁呢？要是他们两个能留心那里的动物们，我就太开心了。”

这时，房子的后门开了，本和玛娅的妈妈叫他们进去吃午饭。“你想跟我们共进午餐吗，萝恩？”她问，“我做了好多呢。”

“我要回去问问爸爸。”说完，萝往隔壁跑去。

本和玛娅一起跑回家。到门口时，玛娅碰巧扭头看了一眼隐秘族所在的位置，他们几个正盘着腿，坐在常青灌木丛下。突然——破天荒的第一次——她似乎正用目光直视着他们，脸上泛起惊奇和惊喜的光。

“本！本！”她叫道，用力拽着弟弟的袖子，可他没时间搭理她，因为他的一只长筒雨靴卡住了，怎么使劲也脱不下来。

“我都不知道萝的全名是萝恩。”本一边说，一边用力地上下踢腿，没听见姐姐正在叫他。

莫斯站起来，抬起一只手，试探性地挥了挥。

“你们俩快进来，”妈妈的声音响起，“你在看什么呢，玛娅？”

“哦——没什么，”玛娅说，“我只是……我以为我看见什么东西了，没什么。”

23

紫 杉

事情的结局并不总是

如你所料……

那个下午，萝恩和爸爸，玛娅、本和他们的父母，一起去了公园，那里有一个雪坡可以玩滑雪。玛娅和本坐在一个木质的平底雪橇车上，那是他们的爷爷和奶奶在好多年以前给他们买的，这还是第二次被拿出来用，很好玩。萝恩有一个塑料滑板，滑起来居然比木质雪橇车更快，而且如果你足够勇敢，还可以坐在上面高速旋转。他们交换着乘坐工具轮流玩，跟其他小朋友一起。有的孩子玩的是橘色的塑料雪橇，有的甚至在用冲浪板，还有一两个干脆坐在黑色垃圾袋上滑，也开心极了。

回到家后，孩子们都洗了热水澡，很快就要到晚饭时间了。在和爸爸坐下来吃晚饭之前，萝又设法溜到花园玩了一会儿。花园里的雪还没有融化，在月亮下熠熠发光。她的四周都是正在睡觉的鸟儿，它们将羽毛蓬作一团以抵御严寒：三只篱雀睡在树篱旁那丛浓密的常青藤里；一对知更鸟睡在灌木丛那个萝编织的鸟窝里；一只斑尾林鸽睡在萝头顶的树枝上；整个麻雀家族挤在三个鸟巢箱里，东倒西歪地抱在一起取暖；而在另一个鸟巢箱里，十一只小小的鷦鷯正挤挤挨挨，努力地给自己找个舒服的位置。

萝还穿着拖鞋，冻得直哆嗦。她在花园最远处的一个角落蹲下来，将双手抱在胸前，好让身体暖和一点儿。

“莫斯！”她用自然世界的隐语小声喊道，“多默！有人在吗？”

几个微弱的音符从一个微型的笛子里吹出来，那个笛子是用废弃饮料盒上的吸管做的。她循着声音，看到五个小人儿正盘腿坐在原木堆旁一块没有积雪的空地上：莫斯、伯内特、索雷尔、多默，还有米希尔。米希尔是下午的时候过来的，他来跟大家分享孩子们在学校里学习的新知识，包括“地球是个球体”，还有“长着鸭子嘴的鸭嘴兽真实存在”，等等。他们都觉得第一条很有道理，而第二条则令人难以置信。

他们围坐成一圈，中间放着一块鹅卵石，石头下是一小堆篝火的灰烬，鹅卵石仍散发着热量。这是伯内特的主意——这是一个聪明的办法，不用明火却能保持温暖，这样就不容易被人类发现了。

“大家好！”萝蹲下身说道，“我不能待太久，哦，嗨！你是米希尔吗？住在我们学校里的？”

“是的。”米希尔简短地回答道。是多默说服米希尔过来的，让他来和一个人类见见面，“现在，你能告诉我们紫杉的事了吗？”

“紫杉？”萝一脸疑惑地问。

“是的——你被写在预言里，所以大家都认为你一定知道那棵有魔法的紫杉。”米希尔回答道。

“什么预言？”

“‘花楸树和紫杉，将这世界变得不同。’你好像就是那棵花楸树[1]，那紫杉在哪儿？”

“什么？”萝有点儿着急地说，“将什么变得不同？”

莫斯插话道：“我们不知道你的全名是萝恩，你瞧——本刚刚告诉我们，而且……”

“那你们以为我叫萝威娜吗？大家都以为是那个名字，每次我都得解释。我也不叫萝歇尔，或者萝辛。”

“不是，我们只是……”

“我的名字是一棵树，如果这样说能帮你们记住的话——那是一棵神奇的树，离这儿不远就有一棵——如果你们愿意的话，我可以带你们去，怎么样？”

“我们早就找到了那棵树，可并没有发生太大的变化，”伯内特说，“不过还是谢谢你。”

“哦，好吧。我可以问问爸爸关于紫杉的事，或者，我也可以上网搜搜。不过，你们说的那个预言，我真的不知道。抱歉。”

---

[1] 萝恩（Rowan）这个名字在英语中的意思正是花楸树。

“我跟你们说什么来着？”米希尔对大家说。

“我想说的是，她的名字就是花楸树，这好像太巧了。”莫斯说，他的语气听起来就像是这句话已经讲了无数遍似的。

“话说回来，你下午过得好吗？”多默问。他换了一个话题。显然，萝什么都不知道。现在他们完全没有必要继续争吵下去——尤其是在饱经患难之后。

“棒极了！我们去滑雪橇了。爸爸说我们都滑得很好，其实我滑得最好。本有一下直接冲进了雪堆里，雪都进鼻孔了，他一连打了二十个喷嚏——太好玩了！”

大家都笑起来，连米希尔也跟着笑了。

“好了，我来就是想问问你们，要是明天不用上学的话，我们再在一起玩好吗？如果明天要去学校，米希尔，你能带我去看看你的住处吗？我不会告诉别人的，我保证。”

“我就住在你的头顶上方——你不会看见的。”米希尔脱口而出。

“哦！”萝有点儿惊讶。

“没什么，萝，我们中还没人见过米希尔住的地方呢。”莫斯安慰她说。

“嗯，除了我。”多默说。

“是的，虽然你并没有被邀请。”米希尔说。

一阵尴尬的沉默后，索雷尔用胳膊肘碰了碰米希尔，他的态度才稍微缓和。

“好吧，萝，要不这样——你知道操场上的那只乌鸫吗？”

“就是模仿学校铃声的那只？”

“你想认识它吗？只要我一句话，它可以在课间休息的时候落在你的肩膀上。你可以和它交朋友——它比我脾气好多了。”

“哦，我太愿意了！所有的鸟和其他动物们都害怕我，我讨厌那样。能和它交朋友，这简直太棒了，我要一个接一个，再接一个地和它们交朋友！它叫什么名字？”

“图尔达斯。”

萝忍不住咯咯地笑起来，莫斯和多默也笑了。

“你们会明白的，这个名字非常适合它！”米希尔一本正经地说，“我真不知道为什么大家都觉得这个名字好笑，真是搞不懂。”

大家都听见房门打开的声音，萝的爸爸在叫她。

“抱歉，我得走了——吃晚餐的时间到了。”说完，她站起身，“明天见！希望你们大家今夜都舒舒服服、暖暖和和的！”

西南方向的天空中，构成“潘神”的头、肩膀、胳膊以及挂着排箫的腰带的那些星星，渐渐地在一片屋顶之上升了起来。在潘神的注视下，白蜡树路51号被白雪覆盖的花园尽头，五个隐秘族的小人儿正准备休息。

“至少我们大家曾努力地拯救过自然世界，”莫斯说，“我们真的尽力了。”

多默关切地看了他一眼，不过莫斯的表情并不悲伤，悲伤的情绪已经像雪一样，逐渐消融了。

“我们绝对是百分之百尽力了，”伯内特赞同地说，“尤其是我。”

“大家都尽力了。”索雷尔说，“我真为咱们感到骄傲，为我们的团结、勇敢、机智而骄傲，也为我们如此尽力地维护彼此的安全而骄傲。”

“所以你们应该骄傲，”米希尔用粗哑的声音说道，“你们让我想起了拥有朋友、彼此信任是什么感觉。我——我不讨厌你们住在这里了。”

“即使就像动物那样生活，也不算一件很糟糕的事，”莫斯说，“无论我们还剩下多少时间，都要好好享受在自然世界中的每一天。”

就在这时，一个黑影突然出现在他们围成的小圈子旁边，遮挡住了星光。大家惊呆了，都把眼睛瞪得大大的——直到伯内特突然发出一声尖叫，他认出了那一对三角形的耳朵，还有胸前那片耀眼的白毛。

“维斯珀！我就知道你会来找我们的，我就知道！”

莫斯、多默、伯内特和索雷尔都冲过去拥抱他们亲爱的狐狸朋友。维斯珀笑呵呵地躺在地上，任由他们爬到自己身上，拽它腮上的胡须。米希尔害羞地走上前，维斯珀只是用鼻子轻轻碰了碰他，仿佛它早就知道他曾经受过伤害，不想和别人靠得太近似的。

紧接着，漆黑的花园中传来一个陌生的声音：“真高兴终于和你们大家见面了！”此刻，莫斯的心怦怦直跳。

第二个影子出现了。他和你的手掌一般大，身上穿的是被擦得锃亮的上过蜡的树叶，一片片叶子被巧妙地层层堆叠在一起，就像穿着一副你能想象到的最柔软的盔甲。他的脸看起来不可思议地古老，又出乎意料地年轻，仿佛两种极端集于一身。

谁都没有出声。莫斯颤抖着握住了多默的手。

“你们没人认识我吗？”

沉默中，一堆乌云慢慢地压了过来，遮住了满天星光。新一轮的降雪如期而至，雪花纷纷扬扬地飘落下来。

“或许你们认识和我一起来的同伴。”那个人说道。说完，他挪到维斯珀身旁。维斯珀看起来一点儿也不惊讶，它只是认真地看着眼前发生的一切。

一头闪着细微光亮的白发出现在黑暗中，几乎能和晶莹的飘雪融为一体。白发之上，是一顶轻轻摇晃的帽子，那是用绕成圆锥形的铅笔屑做的；白发之下，是一件衣袂飘飘的绿色长袍。

莫斯松开多默的手，向前走了一步，眼睛里突然涌出了泪花。

“库缪勒斯？是你——真的是你吗？”

“是我。”库缪勒斯回答道，他那张可爱的脸完完全全地显露了出来，上面还挂着两行幸福的热泪，“哦，我太想念你们了！我真的太想念你们大家了。”

当激动的拥抱和抽泣逐渐归于平静，穿着树叶套装的人开口说道：“我的名字叫罗宾·古德菲洛，我猜，你们的内心深处其实已经想到了。”

莫斯不肯松开库缪勒斯的手，另一只手依然握着多默。伯内特一只手拉着库缪勒斯，另一只手拉着索雷尔。当大家重新抬起头面对罗宾和维斯珀时，身体微微有些颤抖，因为他们还沉浸在团聚的喜悦中。只有米希尔远远地站着。

“你们发现什么了吗？”罗宾微笑着问道。

“你的意思是，除了库缪勒斯之外？”莫斯问，他擦了一下眼泪，“没有，我什么都没有发现！我现在只关心他。”

“什么都没发现？你呢，伯内特？还有你呢，索雷尔？”

他们两个彼此对视，一脸困惑——霎时间，他们意识到，他们消失的那部分身体回来了，就像库缪勒斯一样。

“消失症状！逆转了！”伯内特叫道，“索雷尔，看我的脚！大家快看我的脚！”

索雷尔伸出左胳膊，欣喜若狂地盯着看，然后又伸出左脚，在空中左右摇晃，自言自语道：“我的左半边都回来了！我的左半边都回来了！”

“你呢，米希尔？”罗宾·古德菲洛静静地说，“你发现什么了吗？”

“没有。”米希尔摇摇头说。

“你确定吗？”

“我的心还是不在，”米希尔回答道，“我和其他人不一样，你瞧——我的心碎了，自从我的树被毁了，我的心也破碎了。”

“没有人会永远心碎，”罗宾善意地说，“除非你不想改变。你到我这儿来。”

米希尔有些迟疑，他走到罗宾面前，咕哝道：“顺便说一下，我可不喜欢拥抱。”

罗宾的表情里充满了无限的温柔和同情。

“我知道。”

“你是要给我施魔法吗？”

“不是。”

“那是什么？”

罗宾深深地凝视着米希尔的眼睛，说道：“米希尔，紫杉的守护者，我们大家都深深地爱着你，永永远远爱着你。你也许会改变，但不会破碎。关于你的一切安排都自有深意。”

米希尔本想苦笑一下，可却流下了眼泪。“可是我……可是我和其他人就是不一样……我不喜欢玩‘橡子跳跳’游戏，也不喜欢打雪仗，我只想独自生活！”

罗宾笑了，他又说了一遍：“关于你的一切安排都自有深意。你不会破碎，你就是你，我们爱的就是这样的你，大家说对吗？”

所有人都走到米希尔的面前表示同意，终于，一股从未有过的涓涓暖流开始流进他的心田。

“谢谢你，没有让我们从自然世界中消失。”莫斯羞怯地对罗宾·古德菲洛说。

维斯珀去捕食猎物了，隐秘族回到了地下的家。索雷尔十分骄傲地带着库缪勒斯和米希尔四处参观；伯内特去生火了；多默和莫斯则为一场庆祝宴会做着准备。

“哦，不是我的功劳，”罗宾说道，“是你们自己的功劳。”

“不，不是我们的功劳，”莫斯说，“我的意思是，我们试过，可全都搞砸了。我们并没有将隔壁的花园改造得更好——让大家这样做是我的主意，我想为大家找到新的职责——另外，我们虽然找到了花楸树，可还没找到紫杉。你知道吗？就是预言里说的‘花楸树和紫杉’。”

“哦，是那个，”罗宾的眼睛里闪烁着诙谐的光，“我知道都发生了什么事。我们先吃饭，然后我会给你们解释。”

莫斯摆好了各种美味：有抹着坚果黄油的橡果面包，还有熏蚂蚱腿、虫蛹汤（他们只用那些空了的虫蛹）、用仙客来花装饰着的蜂蜜烤黑刺李果，甜点是玫瑰花瓣糕，是伯内特在他那个“非常大”的洞里的珍藏。库缪勒斯拿出了整整一蜗牛壳的甜酒，是用常春藤的浆果酿的，他说：“其实，这酒要放够两个布谷鸟夏天才能酿成。”听到这儿，大家立刻说，有时候这样不够年份的佳酿才正合适——特别是当大家都渴了，而且非常怀念那种味道的时候。

“听说，你们在找一棵紫杉。”终于，罗宾开口问伯内特。

“可我们失败了，”伯内特说，“我猜莫斯已经告诉你了。”

“在你努力实现那个预言的同时，莫斯和多默打算通过改造花园来拯救自然世界，一个花园接着一个花园，为隐秘族找到新的身份，对吗？”

莫斯点了点头，多默只说了一句“惭愧”，就低下了头。

“那你做了什么，索雷尔？”

“我建造了我们的新家，而且……而且我还帮助了其他人。不过，你看见了，我们没成功。”

“但是消失的症状已经逆转，库缪勒斯也和你们重逢了，你们认为这是什么原因呢？”

“也许是潘神可怜我们了。”伯内特说。

“并不是那个原因。”

“那是什么原因呢？”莫斯问，“千万别说这只是一次偶然的奇遇，我们还会再次消失。我受不起了——既然我们已经团聚，已经有了希望，就再也受不起又一次失去这些。”

“你们成功了！你们成功地为自己创造了新的职责——这就是原因。你们现在做的事情真的非常重要，你们要留在自然世界，继续你们的工作。明白了吗？”

隐秘族的小人儿们都一脸困惑地看向其他人，除了库缪勒斯。

“什么？”伯内特说。

“嗯，这个，具体说，是因为我们做了什么

呢？”莫斯问。

“可以确定，我肯定什么都没做。”米希尔说。

“米希尔，”罗宾说，“你还记得吗？许多年以前，你差不多就要消失了？可后来，你的一部分身体又回来了？”

“是的……”

“你救了一只乌鸫幼鸟，还给它取名叫图尔达斯·梅鲁拉。你让它知道，和孩子们在一起是安全的，现在很多孩子都认识它，而且他们都知道，它也在真实地生存着——就像他们自己一样。”

“我还是不明白。”

罗宾转过身对其他人说：“现在，隔壁的人类小男孩可以看见我们的世界，他以前是看不见的，并且他已经开始跟他的姐姐分享关于这个世界的事了。他知道我们是真实存在的，他的内心深处感受到了我们的存在。这就意味着，他会关心我们，而且，这种关心将会永远地改变他。他现在站在了我们这一边，而且会永远永远站在我们这一边——这些全都是你们的功劳。”

“罗宾说得对，”库缪勒斯接着说，“拯救整个自然世界对隐秘族来说是一项不可能完成的艰巨任务——对任何一种野外生灵而言都是一样。所以，我们的职责就是要找到一些善良的孩子——那些极富想象力，可以看到我们的孩子；那些特别关注我们，甚至会说自然世界的隐语，并且愿意倾听我们的孩子。我们可以帮助他们，让他们看到我们的存在很重要：隐秘族、花园居民、溪流居民、海洋居民、空中居民还有地下居民——我们当中的每一个都很重要。最重要的是，让人类——尤其是小孩子，从内心深处感受到我们的重要性，因为他们一旦真的明白了，就一辈子都不会忘。”

“那个预言呢？”伯内特说，“‘白蜡树、橡树还有荆棘丛，出现在地球的曙光中。花楸树和紫杉，会将这世界变得不同。’又是怎么回事？”

“你差一点儿就说对了，”罗宾微笑着说，“是萝恩和你们[1]，你们大家。”

“我们！”索雷尔大笑起来，“我明白了！”

“我就知道，和那个人类小孩萝恩有关！”莫斯

[1] 在英语中，“你”以及“你们”的发音与“紫杉”的发音相同。

兴高采烈地说。

“她很重要，”罗宾肯定地说，“她能帮助你们找到学校里那些善良的孩子，你们在他们面前现身是安全的——因为不是所有的孩子都很善良，甚至大多数都不是。不光是这样，再过差不多二十几个布谷鸟夏天，等她长大后，会为自然世界做更多令人惊叹的事情——你们就等着瞧吧。”

“关于未来，你还能告诉我们更多的事情吗？”莫斯问，“我们以前的花园会怎么样？它真的会消失吗？”

“这个不一定，”罗宾回答，“不过，我可以说，对于人类而言，只要他们肯全心全意地付出，就一定能创造奇迹，而且他们也经常如此。现在，朋友们，我该走了。”

“走？”库缪勒斯惊讶地说，“我以为你会跟我们待在一起，帮助我们完成这些任务呢？你不能就这样走了，现在不行。我们走了那么长的路才到这里！”

“是啊，老朋友，”罗宾站起身说道，“可自然世界中到处都有再次现身的隐秘族，他们也很迷茫，不知所措。所以，我必须找到他们，帮助他们认识到我们当前的使命。这要花费我许多个布谷鸟夏天的时间，我可没时间再耽搁了。”

“可我还有很多问题呢！”索雷尔脱口而出，“关于潘神的，还有……是否存在下一个空间，还有……嗯，还有好多问题！”

“请不要走，罗宾，”伯内特说，“我们要怎么开始呢？我们该做些什么？”

“你们不需要我了，伯内特，”罗宾笑着说，“你们已经具备了职责所需的全部技能——莫斯拥有希望；多默拥有爱；库缪勒斯拥有智慧；索雷尔拥有技术；米希尔拥有坚韧，而你，伯内特，你拥有勇气。你们有一个安全的家，有一个人类小孩做朋友和帮手，还有整整一个学校的孩子要去认识呢。”

“可……可我们还能再见到你吗，老朋友？”库缪勒斯问。

“你们会在最意想不到的地方找到我，”罗宾·古德菲洛说，“我无处不在，无时不在。我相信是这样，你们也应该相信。”

说完，他们的客人就不见了。

那一夜，隐秘族的小人儿们很晚都没有睡，他们互相交换着各种信息，为接下来的事情做着计划，还讲了几个笑话（大部分都是伯内特讲的），唱了几首歌（是莫斯唱的，很难听）。自然世界中，几乎没有比这更欢乐的聚会了，让人感受到无限的希望和爱。库缪勒斯自豪地向大家展示他最新的沙粒收藏，莫斯不停地和每个人拥抱，米希尔的脸上一直挂着腼腆的笑容，甚至一度试戴了库缪勒斯的帽子，还伸手拍了拍伯内特的后背。

最后，大家都感到有些累了。米希尔决定回学校的家好好睡一觉。大家一起来到白雪皑皑的花园为他送行。花园的阴影处，维斯珀还安静地守在那里，等着护送它的朋友安全回家。

“晚安，米希尔！”“明天见！”“再见，维斯珀！”大家一边挥手，一边轻声道别，直到那只线条优美的狐狸和那个小小的黑衣人穿过房舍，消失在街道上。

他们一个接一个地走进原木堆下那个隐秘的小门，现在只有库缪勒斯、多默还有莫斯还留在晶莹闪亮的雪地上。

“莫斯，我一直想问你春季歌谣的事，”库缪勒斯说，“你开始编写了吗？”

“当然，”莫斯骄傲地回答，“我打算从我们离开人类巢穴写起，把我们的历险经历都写进去，包括一小段霍比人的历史，那是专为多默写的，解释一下我们本是同一个家族。”

“哦！你真的会这样写吗？为了我？”多默用力捏了捏莫斯的手。

“嗯，差不多，”莫斯一边说，一边为大家扶住那扇隐秘的小门，让他们先进，“我还没完成呢，不过一定会很不错，因为‘霍比’这个词有很多好词可以押韵。”

“肯定会很精彩！”库缪勒斯开心地说。他们身后，那扇通往冬季花园的小门慢慢地合上了，“我简直迫不及待了。期待春天，对吗？”

莫斯和多默相视一笑，跟着他们的老朋友进入了温馨的小屋。“说得没错，”莫斯说，“期待春天。”

作者后记

这是一个关于隐秘的野外生灵的故事，他们时刻生活在我们周围，可大多数成年人（也包括许多小孩子）却对他们的存在一无所知。

如果你善于观察，就像我一样，那么当你在户外玩耍的时候，一定能找出这个隐秘世界存在的线索：那些被啃得整整齐齐的果壳、看上去颇为有趣的洞穴和路线、神秘的排泄物、泥巴地或雪地上留下的足迹，等等。从这些线索中你就能猜出来：是谁在和你分享着花园、街道、游乐场或公园，他们在做些什么，你的小个头儿邻居们过着怎样的生活，他们是长羽毛的还是穿皮毛的，皮肤是湿润的还是带刺的，是穿着一副盔甲还是戴着一顶橡果壳帽子呢……或许某一天，你还可以荣幸地帮他们一个忙。

尽管你观察入微，可还是觉得自己无法相信这些隐秘族的存在——也许是因为你从未见过他们中的一员，你的朋友们也都没见过——这并无大碍，就连我，也只是在无意间与他们打过一个照面。经过几百年的时光，他们隐藏起来而不被我们发现的本领已经练得炉火纯青。同时，你可能看过一些可笑的动画片或是读过一些荒诞的故事，里面有一些是关于魔法精灵或小妖精的，有一些是关于滑稽的地精或长着闪亮翅膀的小仙子的，这些都让你觉得，如此离奇古怪的生灵根本不存在。

你也许是对的。隐秘族的确没有魔法，而且也没有闪亮的翅膀。他们靠捕猎、钓鱼、采集野果为食，就像野生动物那样。他们自古以来就生活在自然世界中，比我们人类存在的时间要久得多。他们曾遍布我们周围的各个角落，也生活在许多其他的国家里——可如今，他们的数量比从前少了很多很多。

那个时候，他们的人数众多，而我们人类的数量却很少，所以我们还能经常看见他们的身影。我们还给他们起了名字，就像给鸟类、植物、昆虫还有其他东西命名那样：我们叫他们隐秘族或是小灰人、小精灵、小仙子、小妖精，还有地精、小恶魔、小妖怪，等等，在英格兰西南部，他们也被叫作皮斯基淘气包。罗马人叫他们Genii locorum，意思是“一个地区的守护者”。他们在爱尔兰被称为sidhe，在冰岛他们被称为huldufólk，在欧洲以及其他地方，他们还有很多其他的名字。不过，事实上，无论我们叫他们什么，都不是他们称呼自己的名字。

还有一件事，我肯定你一点儿也不会觉得奇怪，那就是所有的鸟、昆虫等动物和隐秘族可以互相交流，或多或少吧，用的是自然世界的隐语：这是一种所有自然世界的生灵们共用的基本语言。虽然每个物种说得略有不同，但却可以交流。实际上，唯一忘了如何跟自然世界交流的生灵就是我们人类自己。不过，对此我表示怀疑，也许更准确地说，我们中的大多数只是不再去倾听了——最后的结果或许是一样的。

梅丽莎·哈里森

2021年秋

自然观察指南

留心观察那些把成熟的坚果和水果藏起来的动物们，它们这样做是为了储存食物来过冬。松鼠和松鸦把坚果和橡果埋在土里，田鼠和老鼠把种子和树篱的果实藏在空心的树桩这样的缝隙里。浆果和坚果储藏得越多，能活过冬季的生灵也就越多。一定不要拿走它们的存货啊！

这是一年中第二次鸟类大迁徙的时间，会有数以亿

计的鸟儿绕着地球远距离飞行。

你可以看见，在高高的空中，大雁排成人字形或一字形，画出一道道弯弯曲曲的线条。各类燕雀混杂在一起，成群地从一个地方迁徙到另一个地方。红翼鸫、田鸫还有太平鸟从遥远的斯堪的纳维亚半岛飞来，在英国的乡村和田野间觅食浆果。

你附近最大的一片常春藤在哪里呢？常春藤总是攀缘着其他大树生长，或者长在树篱上，它们盘绕而上的茎需要更强壮的植物作为支撑。一年中的这个时候，成熟的常春藤会开花，你会发现许多漂亮的、带黄黑色斑纹的蜜蜂在这里“嗡嗡嗡”地飞舞，它们正在吸取这一年中最后的花蜜。

你想不想知道每个夜晚，鸟儿们都在哪里栖息？冬季，它们会挤在一起取暖，尤其是那些体形小的鸟，比如鹪鹩——一次，竟然有六十一只鹪鹩从同一个鸟巢箱里飞了出来！找到它们栖息地的一个线索，就是看地上有没有一小片白色的鸟屎，当你抬头往上看时，就能发现鸟儿们过夜时栖息的那根树枝或是篱笆桩了。

在池塘边、小溪旁的泥泞地面上，寻找鸟类或其他动物的脚印吧，如果刚下过雪，那么到处都有它们的脚印！你知道那些脚印都是谁的吗？在你发现这些脚印之前，你知道它们都在干什么吗？别忘了，有的脚印可能是猫和狗的。

银莲花是春天最早开放的花之一，它的球茎整个冬天都在积聚地下的能量。它那绿色的幼芽异常坚韧，可以穿破冰冻的土地，而且，它似乎还含有防冻剂似的特殊物质，即使是冰霜或积雪也无法将它们冻死。